JN059873

異世界トリップしたら、人嫌いをこじらせた王子様に溺愛され運命の伴侶になりました!?

月神サキ

Illustration
氷堂れん

gabriella books

異世界トリップしたら、人嫌いをこじらせた王子様に溺愛され運命の伴侶になりました!?

contents

序章　日常は突然終わる

裕福な暮らしをさせてもらっているのに不満を感じるなど、いけないことだ。

私――天草凛《あまくさりん》はそんなことを思いながら、迎えの車をぼんやりと眺めた。

学校が終わり、放課後。

良家のお嬢様が通う学校として有名なうちの高校は、下校時刻になると校門にずらりと迎えの車が並ぶ。

見慣れたいつもの光景。皆、次々と己の家の車に乗り込んでいく。

「お嬢様」

いつまでも動かない私に痺《しび》れを切らしたのか、運転手の男が車から降り、私の方へとやってくる。

五十代の彼は三笠《みかさ》といい、私が生まれる前から屋敷に勤めてくれていた信頼の置ける人物だ。

その瞳に心配の色を見つけた私は、慌てて後部座席に乗り込んだ。

「ごめんなさい。ちょっとぼんやりしていただけ」

「……そうですか」

納得した様子ではなかったが、三笠も運転席に戻り、やがて車は静かに発進した。

無言の時間が続いたあと、三笠が声を掛けてくる。

「お嬢様」

「……何？」

「旦那様からご伝言です。明日の見合いを忘れないようにと」

「……大丈夫。覚えているわよ」

ここのところ憂鬱《ゆううつ》だった原因の話題を出され、眉が自然と中央に寄る。

スカートをギュッと握りしめた。

私は今、高校三年生。先月、十八才になったばかりだ。

そんな私がお見合いだなんて、現代日本であり得ないと思うだろうが、これはれっきとした事実だ。

祖父母の会社と付き合いのある会社の跡取り息子との縁談が私の知らないところで進み、明日、顔合わせとなっている。

相手は十五才も年上の、一度も会ったことのない男性。

縁談は、私の十八才となった誕生日に告げられた。

祖父母からは『お相手は立派な人で安心してあなたを任せられる』なんて言われたが、好きでもない男と結婚なんて喜べるはずもない。

幼い頃に両親を亡くした私を引き取り、大切に育ててくれた祖父母には感謝している。だけどこの件についてはは余計なことをという気持ちしかなかった。

実際、何度も嫌だと訴えた。だけど私の主張を祖父母は聞いてくれず、ついに明日という日を迎えることとなったのだ。

「お嬢様、着きましたよ」

「ありがとう」

玄関前に車が止まる。運転手が恭《うやうや》しく後部座席の扉を開けた。車から降りる。

立派な門構えが目を引く、純和風の屋敷。

これが、私の暮らす家だ。

敷地面積はかなり広く、庭には蔵や鯉《こい》が生息する池もある。

平屋だが部屋数も十分にあり、大勢の客を呼べる広間なんかもあった。

使用人の暮らす離れも存在する、昔ながらの屋敷。

とはいっても、この周辺の家は皆、似たようなものだ。

資産家が集まるこの区域には、古く大きな屋敷がたくさんある。

三笠が車を発進させた。車庫に戻しに行ったのだろう。ため息を吐き、門を潜る。私の帰りを待っていた使用人たちが揃《そろ》って頭を下げた。

「お帰りなさいませ、お嬢様」

「ただいま」

帰宅の挨拶をし、自室へと向かう。使用人がついてこようとしたが、断った。

廊下を歩く。

考えるのは明日の見合いのことだ。

だって行きたくない。

誰が好きでもない男と結婚したいものか。

「いっそ、逃げ出してやろうかしら」

それもアリかもしれない。

逃げる当てなんてどこにもないが、意に添わない結婚をさせられるくらいならそれもひとつの手だろう。

心の中で逃げ出す算段を付ける。最低限の荷物を用意して、あとはコンビニに行くとでも言ってそのまま行方をくらましてしまえばどうだろう。

「うん、悪くないわ。——え」

家出を実行しよう。そう思ったところで、足が動かないことに気がついた。

「ひっ」

足首を誰かにギュッと握られるような感覚。

何が起こっているのか、本気で分からなかった。

全身に鳥肌が立っているのが分かる。

恐怖と焦りに支配されつつも、なんとか足下を見ようとして——。

「あっ……」
何かにより、ぐいっと下に引き込まれる。
ただの木の床のはずなのに。
下、なんてあるわけがないのに、
だけどそれで、全ては終わり。
とぷんという、まるで沼か何かに沈むかのような音が聞こえたのが最後。
何が何だか分からないまま、私の意識は闇に呑《の》まれた。

◇◇◇

「痛っ！」

ドスンという音と、強烈なお尻への痛みで、強引に意識を引き戻された。

「何……何なの……」

お尻に手を当て、擦る。

痛みに呻《うめ》きつつ目を開けると、そこは私の家ではなく、全く知らない場所だった。

どこかの室内。天井も床もピカピカしている。

「え……」

咄嗟《とっさ》に床に触れる。土でも木の板でもない感触。綺麗《きれい》に磨き上げられた大理石の床だ。

床には私を中心として、円と見知らぬ文字が描かれており、まるで何かの宗教儀式が行われた後のようだった。

「何……？」

痛みを堪えながらも立ち上がり、眉を寄せる。

私から五歩ほど離れた場所には、何人もの人たちがいてこちらを窺《うかが》っていたが、誰一人知った顔がいなかった。格好も妙だ。

皆、日本ではなくヨーロッパ、しかも十八世紀～十九世紀くらいの貴族を彷彿《ほうふつ》とさせるような服装をしている。

白いシャツの上にベスト、更にその上に丈の長い上着という格好。

上着には凝った刺繍《ししゅう》が施されており、そのせいでかなり煌《きら》びやかに見える。

首にはネクタイではなく、クラヴァットが巻かれていた。

まるで中世ヨーロッパにでも迷い込んでしまったかのような気分だ。

だが、自宅の廊下を歩いていて中世ヨーロッパに来るなど普通にあり得ないだろう。

一体何がどうなって、こんなことになっているのかと戸惑っていると「リン！」と私の名前を呼ぶ声が聞こえた。

「え……」

こんなところに知り合いなどいるはずもないのに。

だけどその声は間違いなく私を呼んでいて、思わずその声が聞こえた方に目を向けた。

「っ」

息を呑んだ。

嬉《うれ》しげにこちらへと駆け寄ってくる青年がいる。

太陽の輝きを体現したかの如く美しい金髪がふわりと揺れた。

その瞳は青だ。抜けるような青空を思い出す、透明感のある綺麗な青。

芸能人だと言えば、全員が納得するほど顔立ちが整っている。雰囲気は柔らかく、春の日差しを浴びた時のような穏やかさを感じた。

彼は皆と同じような服装に身を包んでいたが、その素材は他の人たちよりも一ランク上のもののように思えた。上着の刺繍も皆よりも豪奢《ごうしゃ》で、ずいぶんと華やかだ。

クラヴァットを大きな青い宝石で留めていたが、使われている石は相当な値打ちものなのだと思う。

その人物は、喜びも露《あら》わに私の前へとやってくる。

そうして私の手を取ると、感極《きわ》まったように目を潤ませた。

「リン！　ああ、ようやく会えた。私の異世界のつがい。君が来るのを待っていたよ！」

「……」

何も言えず、ただ呆然《ぼうぜん》と目を見開く。

見知らぬ人に、手を握られたから驚いたのではない。

だって彼のことなら知っている。とてもよく知っているのだ。

だけどここに『彼』がいることが信じられない。だから言葉を発せられなかったのだ。

どうして『彼』がこんな場所にいるのだろう。いるはずがない。

だって彼は――。

「あ、そうか。私、夢を見ているんだわ」

なるほど、と頷《うなず》く。

多分私は、変な夢を見ているのだ。だから彼がいる。

それなら納得だし、こんな変な夢、早く目覚めなければ。

そう思った私は、すぐさま空いている方の手で己の頬《ほお》を思いきり抓《つね》った。

でも。

「痛っ……」

どう考えても現実のものとしか思えない痛みが私を襲った。

「嘘《うそ》……」

夢ならとっくに覚めているはず。それくらい勢いよく抓った。

だけど世界は変わらなくて、つまりはこれは夢ではないということを示していた。

「え……？」

私はますます愕然《がくぜん》とした気持ちで目の前の彼を見た。

夢ではないのに、それならどうして彼がここにいるのか、さっぱり理解できなかったからだ。

「何してるの、リン」

彼——ブランが小首を傾《かし》げ、私を見ている。

頬は上気し、私に会えた喜びを全身で表していた。

でも、あり得ない。

彼がブランだなんてあり得ないのだ。ましてやここが現実だなんて、天と地がひっくり返ってもあり得ない。

だって彼は——。

「……どうしてイマジナリーフレンドが現実にいるの？」

つまりはそういうこと。

ブランは、私が幼い頃から一緒にいるイマジナリーフレンド。

私の空想の中にだけ存在する人物で、夢の中でのみ邂逅《かいこう》できる存在。

そんな彼が現実世界に出てくるはずもなく、全く理解不能な現状に、私は目を白黒させることしかできなかった。

第一章　イマジナリーフレンド

ここで少しだけ、昔話を聞いてほしい。とても大事なことだから。

話は、私の子供の頃まで遡《さかのぼ》る。

私は七才まで、優しい両親の元で育てられた。

私はふたりが大好きだったし、彼らも私を愛してくれた。

だけどその日々は長く続かなかった。

ある日、私たちは家族三人でドライブに出掛け、その帰り道、交通事故に巻き込まれたのだ。

車五台が巻き込まれた多重事故。両親は亡くなり、私一人が取り残された。

両親を失い、失意のどん底にいる私の元に来てくれたのが母方の祖父母。

とはいえ、私は彼らと会うのは初めてだった。

実は母は父と結婚する際に彼らから猛反対を受け、反発するように家を飛び出してきており、その行方を知らせていなかったのだ。

ずっと私たちを探していたという祖父母は私を見て泣いていた。

娘にそっくりだと言い、是非自分たちの元へ来なさいと、私を引き取ってくれたのだ。

祖父母に引き取られた私は、それは大切に育てられた。

彼らは母が家出同然で飛び出して行ったことがトラウマとなっていたのだろう。娘の私も同じことをしかねないと思ったのか、徹底した管理下に置き、安全のためにと幼稚園からの一貫教育を行う名門私立校へ転入させられた。

祖父は、誰でも知っているような有名企業の会長で、暮らしはとても裕福だった。

多分、私は、とても運が良かったのだろう。

意地悪な親戚に虐《いじ》められることもなく、裕福な祖父母に孫として可愛《かわい》がってもらえた。

高水準の教育を受けさせてもらうことだってできた。祖父母にはとても感謝している。

でも、ひとつだけ私にはどうしても受け入れられないことがあった。

それは彼らが私自身を見ていないということ。

祖父母は、私を通して死んだ母を見ているのだ。

それに気づいたのは、引き取られてすぐのこと。

まず、私を母の名前で呼んだ。もちろんすぐに気がついて訂正してくれたが、それはその後何度となく繰り返された。

更には夕食に、私ではなく母の好物が出てきたり、母が好きだった色のワンピースを買ってきたりと、その片鱗《へんりん》はあちらこちらに見られた。

彼らが私を大切に慈しんでくれていることは分かっている。

母と間違うのもわざとではない。だけど、繰り返されれば気づいてしまう。

彼らは私を見てくれているわけではない。私を通して母を見ているのだと。

彼らが本当に望んでいたのは孫娘ではなく娘が帰ってくることで、私はその代わりに過ぎないのだと幼いながらに気づいてしまった。

そうなればあとは虚《むな》しさしか残らない。

愛されているのに、その対象は私ではない。それは酷《ひど》く乾いた日々で、私はだんだん思うようになっていった。

——誰か、私を見て。

母ではなく私自身を見てほしい。そう願うようになったのだ。

そんな私に転機が訪れたのは、八才の時。

ある夜、私は夢を見た。

夢だと分かったのは、空の色が不思議な七色をしていたから。現実では決してあり得ない空の色は、ここが夢の世界であることを強烈に意識させた。

夢の中の私は、お気に入りのワンピースを着て、綺麗な噴水のある場所に佇《たたず》んでいる。

周囲は広場になっており、様々な色の薔薇《ばら》の花が咲いていた。

広場にはベンチもあり、どこかの薔薇園かとそう思った。

つい先日、祖母と一緒に有名な薔薇園を見に行ったのだ。綺麗な薔薇を見るのは楽しかったから覚えている。

その薔薇園とこの場所はよく似ていて、だからこそ薔薇園という言葉が思い浮かんだのだけれど。

「……あ」

キョロキョロと薔薇園を見回していると、噴水の端の方に、ひとりの少年がいることに気がついた。

少し長めの金髪に目が行く。彼は俯《うつむ》いていて、どんな表情をしているのかまでは分からない。

高そうな服を着ていたが、私が着るものとはまるで雰囲気が違った。

キラキラした装飾のついた丈の長い上着にベスト。七分丈のズボンにロングブーツといった格好は、まるで海外映画の登場人物のようだ。

「ねえ」

夢だという気軽さも手伝い、少年に話し掛ける。

少年はハッとしたように顔を上げ、私を見た。

精巧な人形を思い起こさせる整った顔立ちに息を呑む。青い瞳の色は、この間祖母が見せてくれた宝物だという宝石とよく似ていた。

「……あ」

彼は私を見て、石になったかのように固まった。その目は極限まで見開かれており、彼が驚いている様が伝わってくる。

「ねえ」

もう一度、声を掛ける。いくら夢の中とはいえ、誰かいるのなら会話したかったのだ。だが少年は嫌そうに顔を歪《ゆが》め、私から視線を逸《そ》らした。

「——私に構うな」

「……え」

「私に構うなと言ったんだよ。……私は君と話したくない」

突き放すような鋭い口調に目を瞬かせる。まさか初対面の少年に蛇蝎《だかつ》の如く拒絶されるとは思わず、悲しみよりも驚きが勝った。

何も言えず、ただ少年を見つめていると、彼は不愉快そうな顔を隠しもせずもう一度私に言った。

「去れ。——私につがいは必要ない」

「……つがい？」

何のことだ。

彼の言っている意味はさっぱり分からなかったが、嫌われているのは理解したので、距離を取ることにする。だけど——。

「……あれ？」

彼から離れるため、噴水のある広場から離れようとしたのだが、それは叶《かな》わなかった。

何故《なぜ》か広場を出ても、気づけば元の場所に戻ってきているからだ。

いくら歩いても、噴水から離れようとしても無駄。何度か試してみたが、その全てで同じ結果となったことを理解した私は、この場所からの脱出を諦めた。

「さすが夢だなあ。ここから出られないのかあ」

とはいえ、こちらを嫌っていると分かっている人の近くにいるのは御免被りたい。仕方なく彼とは反対側の噴水の縁に腰掛ける。

ぼんやりと咲いている薔薇の花を観察し、七色の空を眺め——すぐに飽きた。

だってどうしようもなく退屈だったのだ。

こうなったら、嫌われていようが関係ない。少年とお喋《しゃべ》りするくらいしか、私にできることは残されていないのだから。

と思った私は、気合いを入れ、彼の前に立った。

「ねえ！」

「……私に構うなと言っただろう。話を聞いていなかったのか」

「う」

少年から返ってくる言葉には棘《とげ》しかなく、怯《ひる》みそうになったが、堪《こら》えた。

できるだけ好意的に話し掛ける。

「あのね、私は凜。天草凜っていうの。その……あなたが私のことを好きじゃないみたいなのは分かったけど、ここ、私たちの他に誰もいないんだもの。良かったら話し相手になってくれないかな」

「……」

少年から答えは返ってこない。だが私は気にせず話し続けた。

「できれば友達になってほしいけど。私ね、実はひとりも友達らしい友達がいなくて。あなたと友達になれたら嬉しいなって思うんだけど」

少年に語ったことは本当だ。

私は祖父母の薦める学校に転入したが、いまだ友達と呼べる子はひとりもいなかった。

途中入学が良くなかったのか、なんとなく皆から避けられているのだ。

「ね、駄目かなあ。私、学校でもひとりぼっちだから、あなたが友達になってくれたらすごく嬉しいんだけど」

「……君はひとりなの？」

「……え」

初めてまともな応答があった。

目の前の彼を見ると、いつの間にか少年は顔を上げ、私の目を真っ直《ます》ぐに見つめていた。

少年が口を開く。

「……君は、ひとりで寂しいの？」

「……あー、うん、そうだね」

もう一度尋ねられ、頷いた。

「誰も私とは友達になってくれないから。それにね、お祖父《じい》様もお祖母《ばあ》様も私のことを見てくれないの。だから寂しい、かなあ」

心の内を語り、彼を見る。彼は驚いたように目を見開き、何故かキュッと唇を噛《か》みしめた。

そうして頭を下げる。

「……ごめん」

「えっ……」

どうしていきなり謝られたのか分からない。動揺していると、顔を上げた少年は口を開いた。

「……酷い態度を取ったこと、謝るよ。その……悪かった」

「……」

「私がしたのは、単なる当てつけに過ぎないんだ。君は何も悪くない」

「当てつけ？」

「うん」

少年が話を続ける。

「詳しくは話せないけど、私にも色々……まあ、色々あったんだ。でも、それと君は何も関係ないよね。他意のなかった君を自分の感情だけで撥《は》ね除《の》けたことは良くなかったって思うよ」

「……う、うん。で、でもどうしていきなり態度が変わったの？」

彼が苛々《いらいら》していたことには気づいていたが、突然態度が軟化した理由は分からない。

「……寂しかったって言った君が、本当に寂しそうにしていたから。……私の弟がよく、今の君と似たような顔をするんだ。でも私は弟にそんな顔をしてほしくなくて」

「弟がいるんだ……」

「双子のね。似てないって言われるけど、大事な弟だと思ってる」

「へえ……」

「その弟と君の顔が一瞬だぶって見えて、何をしているんだ、私はって気持ちになった。ふてくされている場合じゃないだろうって。……だから」

「……謝ってくれたの？」

「……うん」

こくりと少年が頷く。私がどんな顔をしていたのかは分からないが、どうやら少年は、私の中に弟の姿を重ねてしまったようだ。

一瞬、この少年も私を誰かと重ねているのか……と思ってしまったが、すぐに悪い意味ではないと気がついた。

それに彼は私を彼の弟と同一視しているわけではない。祖父母とは違うのだ。

「本当にごめん。私の態度は褒められたものじゃなかった。言い訳になると分かっているけど、君を寂しがらせていたなんて思いもしてなかったんだ。謝るからその……友達になってくれるかな」

「えっ……良いの？」

友達という言葉に、下がり掛けていた気持ちがパッと明るくなった。

友達。

祖父母に引き取られる前までは当たり前のようにいて、だけども今の私には与えられないもの。

私は大急ぎで頷いた。

「も、もちろんだよ！　というか、私が最初にお願いしていたんだし」

「ありがとう。……じゃあ、友達になったことだし、今更だけど自己紹介するね。私の名前はブランって言うんだ。ブラン・クルール。君はアマクサリン……だっけ？　アマクサ、で良いのかな」

「あ、天草は名字なの。凜って呼んでくれると嬉しい」

見た目からそうだろうなと思っていたが、ブランはどうやら外国人のようだ。

英語を習っているので、名前が先に来る文化は知っている。

「あなたはブラン、だね。ブランって呼び捨てで呼んで良いの？」

「うん。私も君のこと、リンって呼ぶから。良いよね」

「もちろん。友達だもの！」

呼び捨てで呼び合える友達ができたことが嬉しくて堪《たま》らない。

これは夢だと分かっていたけれど、それでもようやくできた友人の存在が私には幸せで堪らなかった。

◇◇◇

所詮は夢。あの一回きりだろうと思ったのに、何故か夢は毎夜のように続いた。

次の日からも、私は噴水の夢を見続けたのだ。

当たり前のように、前回の夢の続きから始まる。

そんなことあるのかと思うが、実際にあるのだから納得するしかないし、正直、ようやくできた友達を失いたくなかったので、私にはラッキーな話だ。

私は毎晩、遊びに行くような感覚で目を瞑《つぶ》り、夢を見た。

夢の中ではブランが待っていて、私を見ると、笑顔をくれる。

私たちは毎日たくさんの話をした。

そうして知ったのは、どうやらブランと私は別の世界の住人であるということ。

話せば気づくが、私たちはお互い常識となるものが違う。

例えばだけれど、ブランの世界は王制だとか、魔法という概念があるとか、もう基本的なところから違うのだ。

夢の世界の住人であると考えれば、それくらい荒唐無稽な方が『らしい』と思うけど。

ブランは夢の世界にいる友人だ。

だから常識が違うのも当然だと思えたし、夢ならではの普通とは違う話を聞くのは面白い。

そして面白いと感じたのは私だけではなかったようで、ブランも私の世界の話を聞きたがった。

申し訳ないことに、現実世界に友人のいない私には話してあげられることは多くないけれど、それでも学校の話をしたり、時には悩み事なんかも相談したりした。

祖父母が、自分に母を重ねていることを告げた時は、ブランは親身になって相談に乗ってくれた。

「私なら君を誰かに重ねたりしない」

そう言ってくれたのは嬉しかったし、夢の中の住人だけど、味方ができたようで心強い気持ちになった。

日々は過ぎていく。

いつの間にか私は中学生になり、高校生になった。

成長した私の外見は、祖父母の拘《こだわ》りもあり、気づけば大和撫子《なでしこ》を彷彿とさせる感じになった。

背中まである黒髪ストレートは艶々で自慢だが、細く絡まりやすいのが悩みだ。

家や学校では、祖父母の目があるので外見通りの言動を心掛けているものの、実際は違うのでストレスが溜《た》まる。私が本来の自分を出せるのは夢の中——ブランと会っている時だけだった。

夢は終わることなく今も続き、夢の中のブランも私と同じように成長している。

少年だったブランは、青年と呼んで差し支えのない大人になり、整った顔立ちはそのままの見目麗しい男性となった。

それでも私たちの間にあるのは友情だけだ。

何せ彼は夢の世界の住人で、現実世界のどこにも存在しない。いくら毎日会っているからといって、それ以上の想《おも》いを抱く方がおかしいのだ。

それに、私は彼の正体をなんとなく察するようになっていたし。

――イマジナリーフレンドという言葉がある。

心理学や精神医学の現象で、文字通り、空想の中にいる友人という意味だ。

自分自身が生み出してしまった、本当は存在しない空想上の友人。

その言葉をテレビで偶然知った私は、おそらくブランはイマジナリーフレンドなのだろうなと、納得した。

ストレスに耐えかねた八才の私が産み出したイマジナリーフレンド、それがブラン。

毎日夢の中で会う……というのはちょっと聞いたことがないけれど、きっと派生形なのだろうと納得している。

そう考えれば色々なことが腑《ふ》に落ちた。

たとえばだけど、触れられないこととか。

ブランとは話せるけれど、何故かお互い触れることができないのだ。

そのことに最初に気づいた時には驚いたけれど、ブランは「ああ……まあ、そうだよね」とどこか納得したような顔をしていた。

あれはどういう意味だったのか。気にならないと言えば嘘になるけど、追及して、友人を無くす羽目になったら、その方が私は嫌だ。

ブランは夢でだけ会える、私だけの友人。

別にそれならそれでいい。

私にとって大事なのは、ブランと友達であり続けること。他は全部どうでもいいのだ。

◇◇◇

「今日はさ……ちょっと、私の話を聞いてくれる？」

そんな風にブランが話を切り出してきたのは、私が高校に入ってすぐのことだった。

相も変わらず同じ夢を見続けている私は、噴水近くのベンチに隣同士に座り、頷いた。

「もちろん。何か悩み事でもあるの？」

友人が悩んでいるのなら真剣に聞こう。私は姿勢を正してベンチに座り直した。

「どうぞ」

「えっ、そんな畏《かしこ》まられると逆に話しづらいんだけど。うーん、あのね、私には弟がいるって、昔、話したことを覚えている？」

ブランと友達になった時に聞いたことを思い出し、頷く。

あの日以来、弟の話を聞かなかったが、いるという話はきちんと覚えていた。

「確か、双子だって言っていたよね？」

「そう。実はさ、私と弟は生まれる前に神託を受けていて」

「神託？」

なんか、急にファンタジーな話になった。

ブランが私とは違う世界に生きている（設定）ということは知っていたが、それでもまさか神託という言葉が出てくるとは思わず目を見開く。

「そ、そういうの、あるんだね」

「うん。リンの世界にはないの？」

「昔にそういうこともあった……みたいな話は残っているけど、真偽のほどは定かではないかな」

歴史の時間に学んだことを思い出しながら告げると、彼は「そう」と頷いた。

蛇足だが、彼の呼ぶ『リン』は少し発音が違う。

そのせいで、漢字で呼ばれているというよりカタカナで呼ばれている気持ちになるのだ。もうすっかり慣れたけど。

「リンの世界ではそういう扱いなんだね。私の世界では神託は実際にあるものとして知られている。神官が神からのお告げを受けて、民に知らせるもの。その頻度は数十年に一回程度とそう多くはないけれど、神託は絶対だよ。お告げ通りのことが起こる。今まで一度も外れたことはない」

「……そう、なんだ」

「神官が私たちの生まれるひと月ほど前、神から神託を受けた。『これから産まれるのは男の双子。どちらか一方は立派な青年となり、またどちらか一方は将来、闇に堕《お》ち、悪魔に憑《つ》かれることとなる。

悪魔に憑かれた者は、やがて悪魔そのものとなり、国を破壊し尽くすであろう』とね」

「……っ」

穏やかな声音で紡がれた言葉に息を呑む。

それはあまりにも恐ろしい内容だった。双子のどちらかが悪魔となって、国を破壊するだなんて。

驚きで言葉を発せない私を余所《よそ》に、ブランは淡々と話を続けていく。

「それを防ぐためには、悪魔憑きとなる子供を絶望させないようにすること。どうやら絶望することが悪魔憑きとなるトリガーらしいんだ。……とそういう神託を受けたんだけど」

「……それが、ブランたちだって言うの？　他の誰かだって可能性は？」

信じたくない気持ちからそう言うと、ブランは薄く笑って首を横に振った。

「ない。その神託は間違いなく私たち兄弟に向けられたものだよ」

「……」

「神託のひと月後、私と弟……ノワールは生まれた。私はね、この見た目通り金髪碧眼《へきがん》の容姿だったんだけど、弟が黒髪青目という姿でね。……うちの国には、昔から悪魔憑きになるのは、黒髪青目だという言い伝えがあって……あとはまあ、言わなくても分かるよね？」

目線で促され、私は声を震わせながらも口を開いた。

「……弟さんが悪魔憑き……って話になった？」

「うん、そう。見た目だけで判断するなんてどうなんだって思うんだけどね、歴史的にも悪魔憑きになった者は皆、黒髪青目だから、間違いないだろうって」

「……」

「弟を殺そう、なんて話も出たんだ。悪魔憑きになるのが分かっているのなら、先に殺してしまえば良いって。だけどそこで神託に戻る。神託では『絶望』してしまえば、悪魔憑きになると言われている。殺そうとすれば『絶望』してしまうのではないか？　という話が出た」

淡々と語るブランの表情は凪《な》いでいた。

「結果、弟は殺されることなくすんだんだけど、皆から腫れ物のように扱われている」

「……酷い」

「本当にね。絶望させるわけにはいかないから直接的な虐めは行われていないけど、私から見れば、腫れ物扱いだって似たようなものだと思うよ。……でも、一番腹が立つのは、悪魔憑きはノワールだって決めつけているところかな」

「うん」

「私のことは跡継ぎとして大切に育てて、だけど双子の弟であるノワールのことは腫れ物扱い。そんなの許されることではないだろう？　双子のどちらかが悪魔憑きというのなら、私にだって可能性がある。私も同列に扱われるべきだ」

感情が抑えきれなくなったのか、吐き捨てるように言うブラン。

彼はきっと弟のことがとても好きなのだろう。だからこそ、差別する皆を許せない。

「皆の態度には腹が立つし、それなら私だけでもとノワールと仲良くしようとすれば眉を顰《ひそ》められる。ノワールも私を拒絶するんだ。私は、ノワールを悪魔憑きだなんて思っていないのに。ただ、弟と仲良くしたいと思っているだけなのに！」

ブランが言っているのは、当たり前の望みだ。

私には弟も妹もいないけれど、いれば仲良くしたいし、助けられることがあるのなら助けたいと思うだろう。だけど他の家族はどうなのか。

「お父さんとお母さんは？」

「ノワールを心から案じているし、愛しているよ。でも、ふたりともノワールが悪魔憑きになると信じて疑ってもいない」

「……そう、なんだ」

「可哀想《かわいそう》にって、あんな神託がなければばって。腫れ物扱いこそしないけど、憐憫《れんびん》の目で弟を見ているのは確かだ。だからか、ノワールは両親にも近づかない。誰にも近づかず、離れでひとり暮らしているんだ」

「離れ？」

「うん。いるのは通いの使用人数名だけ。両親も止めないんだ。しまいには私にまで『ノワールのためにもあまり近づくな』なんて言い出してね。……私は弟と仲良くすることも許されない」

悔しげに拳《こぶし》を握りしめる。

弟を心から案じ、辛そうな顔をしているブランを見ていると、私まで泣きたい気持ちになってくる。

「……ブランが弟さんと仲良くしたいと思うのは当たり前の感情だと思うよ」

「でも、その当たり前が私には許されない。結局それが原因で、私まで人嫌いを発症してしまってね。あまり人を近づけさせなくなったんだ。……リンと初めて会った時、君に対して酷い態度だったのはそのせい」

話を聞き、初対面の時のブランの態度を初めて理解できた気がした。

あの時彼は私個人を拒絶していたのではなく、近づく人間全てを拒絶していたのだ。

「……それで、この話を聞いて君はどう思う？」

「どう思うって言われても……」

そもそも私が口を出すような話でもないと思うが、意見を求められている以上、何かコメントは出すべきであろう。

私は少し考え、思ったことを口にした。

「ええと、ひとつ質問していい？」

「いいよ」

「皆、弟さんが悪魔憑きになるって思ってるんだよね。でも、それは絶対ではない。つまり、ブランにも悪魔憑きになる可能性がある？」

「もちろん。さっきも言ったでしょ。可能性があるどころか、私は私こそが悪魔憑きになるんじゃないかと思っているよ」

「そうなの？」

「これでもかなり拗《こじ》らせている自覚はあるんだ。弟はちょっと素直でないところはあるけど、すごく良い子で、性格だけ見れば、私の方がよほど悪魔憑きに相応《ふさわ》しいんじゃないかって思う」

ブランが、自嘲するように顔を歪める。

「皆、言うんだ。あなたが悪魔憑きのはずがないって。心配する必要はないって。違うのに、私が言いたいのはそういうことじゃないのに。私は、私ではないと宥《なだ》められたいわけじゃない。私かもしれないと、その可能性こそを知ってほしいのに……」

「まあ、そうだよね。神託はどっちが悪魔憑きか断定していないんだもの」

先ほどブランから教えられた神託を思い出しながら言う。

弟の方が……みたいに個人を断定できる神託内容なら弟で確定なのだろうが、そうではないのなら、ブランが悪魔憑きになる可能性はゼロではない。

誰もが分かる、当たり前の結論だ。

だが私の言葉を聞いたブランは、目を丸くした。

「信じて……くれるの？」

「え、そりゃそうでしょ。だって、神様はどっちって明言していないんでしょ？　決まってないならブランにだって可能性はあると思うよ」

「……本当にそう思う？　今まで誰に言ってても本気に取ってくれなかったよ……？」

「まあ、そこは何とも。だって私はブランと住んでいる世界が違うから、そもそも常識が異なるわけだし。でも、確たる証拠もないのに、弟さんだって決めつけるのはどうかと思うよ。あれでしょ？　今までの悪魔憑きが黒髪青目だったたって、理由はそれだけなんでしょ？」

「……うん」

「その理由だけで決めてしまうのは、いくらなんでも弱すぎると思うなあ」

顔を顰《しか》めながら言うと、ブランは「じゃ、じゃあ……」と声を震わせながら言った。

「それならさ、君は逃げないの？」

「？　逃げる？　一体なんの話？」

本気で分からなかったので首を傾げる。ブランはどこか必死の形相で私を見た。

「……私が悪魔憑きになるかもって思っているなら、恐怖を感じるのが普通でしょう。今すぐ距離を取る、怖がって逃げる。そういう行動を取るべきなんじゃないの」

「なるほどね、でも別に怖いとか思わないからねえ」

「……どうして？」

不審げな顔をされ、肩を竦《すく》めた。

「だって、悪魔憑きになるにはトリガーがあるんでしょ。確か『絶望』だっけ？　だからたとえブランが悪魔憑きだったとしても、絶望しなければ今までとなんら変わらないわけだし、それなら私が怖がる必要はなくない？」

神託には、どうしたら悪魔憑きにならないかが示されているのだ。

それなら、その通り行動すれば良いだけで、むやみやたらと怖がる必要はないと思う。

「楽しいことをたくさん探して、目一杯人生を楽しめば悪魔憑きにならないってことでしょ。だったらそういう風に行動しようよ。ほら、これで解決。めでたし、めでたし」

本当は、そんな簡単ではないのだろうなと分かっている。

だけど、私にとってブランはたったひとりしかいない友人なのだ。

それならもう腹を括《くく》って、絶望しないようにこちらも協力する……くらいが落とし所としては一番良いのではないだろうか。

「……めでたし、めでたしって。そんな簡単に」

「でも間違ってないでしょ」

案の定私の言葉にブランは眉を寄せたが、それ以上は言い返さなかった。

代わりに大きなため息を吐く。

「……今まで神託を聞いて、そんな風に軽く答えてくれた人はいなかったよ。皆、悪魔憑きの可能性があると聞いただけで弟のことを遠巻きにしたし、怖がったのに。でも君は、私が悪魔憑きかもと理解しても、態度を変えたりはしないんだね」

「そりゃ、大事な友人だもの。そんなことくらいで態度を変えるとかあり得ないって。私としてはこれからも仲良くしてくれると嬉しいかな」

「……そう」

ブランが私を見つめてくる。まるで眩《まぶ》しいものを見るように目を細めた。

「君はそんな風に思ってくれるんだね」

「おかしい？」

「いや、嬉しいよ。少しだけど、報われたような気がしたから」

「報われた？　なんか大袈裟《おおげさ》な話になってる？」

「大袈裟なものか。でも、そうだね。今なら素直に思えるかな。君で良かったって」

「私で良かった？　うん？　一体なんの話？」

いきなり話が変わり、首を傾げる。ブランは笑って「なんでもない」と誤魔化《ごまか》した。

「気にしないで。ただ、これからも君とこうして付き合っていければって思っただけだから」

「！　それは！　私も是非お願いしたいところだけど」

「うん」

ブランが頷いてくれたのを見て、ホッとした。私たちの友情はこれからも続く。それが分かって嬉しかったのだ。だけどそう思っていたのは、どうやら私だけのようだった。

神託の話を聞いてしばらく経《た》ったある日の夜、私はブランに告白されたから。

「私はリンのことが好きだ」

「え……」

会って早々の告白に目を丸くする。どう答えればいいか分からない私に、ブランはたたみかけるように言った。

「神託のことがあって、人嫌いを拗らせてしまった私だけど、君のことだけは違う。本当に好きなんだ。だから私の恋人になってほしい」

「え、いや、その、恋人と言われても……」

ずいっとブランが距離を詰めてくる。

お互い相手に触れられないが、それでもなんだか圧倒された。無自覚に一歩足が後ろに下がる。

「ブ、ブラン……」

「神託の話を聞いて、全部理解して、その上で笑って私を受け入れてくれた君に惚《ほ》れた。君が側にいてくれれば、私も少しは人を好きになれるような気がするんだ。ねえ、本気なんだよ。お願いだから私を受け入れてほしい」

「いいや……受け入れてほしいって言われても……」

そもそもブランはイマジナリーフレンドなのだ。

イマジナリーフレンドと恋人とか、本当に意味が分からない。

「――私は、君が君だから好きなんだ。ねえ、私は君を誰かと重ねて見たりなんてしないよ。君を、リンだけを愛してる。だから君にも私を受け入れてほしいって思うんだよ」

ブランの言葉を聞き、怯む。

自分自身を見てほしいといつも願っていた私にとって、ブランの今の言葉は思った以上によく響いたのだ。だからつい、言ってしまう。

「……ほ、本当に私だけを見てくれる？」

「当然。私が好きなのは君なのだから。他の誰かを見るなんてあり得ないよ」

「……そう」

小さく頷く。

ブランの揺るぎない答えが、嬉しいと思ってしまった。

もちろんブランがイマジナリーフレンドであるということは忘れていない。だけど、ここは私の夢の世界で、別に他の誰かに迷惑を掛けているわけではない。

それなら夢の中でくらい、私の好きなようにしても良いのではないだろうか。

——そもそも、ブランのことは嫌いではないし……。

友人としてではあるが、長く付き合ってきた相手だ。人となりはよく分かっているし、恋人になってと言われても嫌だとは思わなかった。

いや、どちらかといえば、嬉しい。

……嬉しい？

——あ。

今、唐突に、自分の気持ちを理解した気がした。

これまで自分でも気づけなかった本当の感情。

イマジナリーフレンドとか関係ない。私は、私を私として見てくれるブランに、いつの間にかひとりの男性として好意を抱くようになっていたのだ。

これまで気づけなかったのは、イマジナリーフレンドを好きになってどうするという気持ちが働いていたからだろう。

自分が作り出した想像上の人物に惚れるとか、馬鹿としか思えない。

だけど一度気づいてしまえば、もう見ない振りはできないし、私の欲しい言葉をくれるブランに惚れない理由もないと思うのだ。

だから。

——まあ、いいか。

イマジナリーフレンドでも。

結論は、あっさりと出た。

だから私はブランに言った。

「いいよ」

それはあまりにも簡潔な答えだったけど、私たちの関係を決定的に変える一言でもあった。

恋人ができても現実世界は何も変わらない。

私の恋人は夢の中でだけ会える、イマジナリーフレンド。

現実世界とは何も関係ないのだから。

それでも私はブランと恋人になれたことを喜んでいたし、私なりに幸せな日々を送っていた。

だけど、それは簡単に覆される。

◇◇◇

なんと祖父母が見合い話を持ち出して来たのだ。

祖父母に呼び出された私は、明後日の土曜日、相手の男性と会うように命じられた。

祖父母曰《いわ》く、お見合いが終わったらとりあえずは婚約。高校卒業と同時に結婚の予定だとのことで、抵抗してみたものの「あなたのため」の一言で片付けられてしまった。

分かっていたことではあるが、ままならない。

もしブランが現実の恋人なら「私には付き合っている人がいる」とでも言えただろうに、イマジナリーフレンドが相手では、精神科に連れて行かれてしまうだけなのだから、現実は世知辛かった。

どんよりとした気持ちで、ベッドに入る。

見合いの日程が決まってしまった今日だけは、恋人に会いたくないと思ったが、夢は相変わらずやってきた。

ブランが笑顔で私を出迎えてくれる。

「リン！　待っていたよ。……どうしたの。ずいぶんと酷い顔色だけど」

笑顔だったブランが私の顔を見て、ギョッとしたように目を見開く。

少し迷いはしたものの、私は祖父母の命令で見合いをすることを告げた。

話を聞いたブランがみるみるうちに顔色を変えていく。

「私という恋人がありながら結婚⁉　それ、本気で言ってる？」

「……だって、お祖父様たちにあなたのこと、紹介できないじゃない」

言いたくなかったが、正直なところを告げる。

ブランも夢の中でだけでしか会えない自分たちの関係を理解しているのだろう。私の言葉に何も言い返せないようだった。

「私だってあなたを紹介できるのなら、そう言ったわ。でも、無理だから。それに、お祖父様とお祖母様の言うことは絶対なの。結婚したくないと言ったところで聞き入れてもらえないわ」

実際、何度も嫌だと訴えたのだ。だけど、私の意思は無視された。

「……一番私が幸せになれるのがそれなんだって。どこの馬の骨とも分からない男と駆け落ちなんてしたら、私が苦労するんだって。ね、それ、誰のことを言ってるのかしらね」

今日、祖父母に言われて一番ショックだったのがこの言葉だ。

母は祖父母が選んだ男ではない人物と結婚するため、家を出た。それが私の父で、父はただのサラリーマンだった。

父と結婚したことが、全ての不幸の元凶だと祖父母は今も信じている。母が家を出なければ、祖父母の言う通りの男と結婚していれば、きっと今も幸せだったのだと信じ切っているのだ。

そしてその後悔から、先ほどの言葉を口にした。

ギュッと唇を噛みしめ、俯く。目の前に立ったブランが口を開いた。

「――結婚しよう」

「え……？」

顔を上げ、ブランの顔を見る。彼は怖いくらい真剣な顔をしていた。

「結婚しよう。私は君を他の誰にも渡したくないいんだ。リン、お願いだ。私の世界に来て。きっと君を幸せにすると誓うから」

「……いいわ」

気づけば、了承の言葉を紡いでいた。

「連れて行って。私、見知らぬ人と結婚したくない。それならブランと一緒に行きたいわ」

ブランなら、結婚しても良いと思える。

いや、彼以外となんて考えられない。

だってブランは私のことをちゃんと見てくれるから。

私の向こうに誰か別の人を重ねたりしない。私を私として愛してくれるのだ。

「リン……嬉しい」

私の答えを聞いたブランが破顔する。そうして私を見つめ、頷いた。

「ありがとう。すぐに準備して、君を迎えるよ。だから私を信じて待ってて」

「うん」

返事をすると、ブランが名残惜しげに周囲を見回した。

「残念だけど準備があるから、今日はここまでにしておこう。次に会う時には、君に触れられるから。愛してるよ。君を迎えにいけることを心から嬉しく思う」

「えっ……」

彼の言葉が終わると同時に、目覚めの気配を感じた。

どうやら今夜の逢瀬《おうせ》はこれで終わりらしい。まだまだ話したいことはあったのにと思うも、目覚めの気配には抗《あらが》えない。

「ブラン……」

「大丈夫。すぐにでも会えるから」

最後に聞こえた声は酷く優しく、私はその言葉に頷きながら、現実世界に帰還した。

そして私は次の日、学校へ行って授業を受け、迎えの車に乗って帰って来た。

いつも通り自分の部屋へと向かい——そうして、話は冒頭へと繋《つな》がっていくのだ。

第二章　実在の人物だと言われても

「リン……ああ、会いたかった。君に触れられない日々は酷くもどかしかったよ。でも大丈夫。もう私たちが離れることはない。リン、愛してる。君とようやく直接触れ合えることができて本当に嬉しい」

――？．？．？


頭の中を疑問符が埋め尽くす。

私を抱きしめ、目を潤ませているのはどう見ても、私のイマジナリーフレンドであるブランだ。

十年以上もの間、夢の中でのみ逢瀬を重ねてきた、今では恋人となった相手。

互いに触れることすらできず、会話だけをするのが精一杯だったはずの彼が、何故か私を思いきり抱きしめている。

「え、え、え、ええ？」

意味が分からなすぎて混乱する。

どうしてイマジナリーフレンドが実際の肉体をもって存在しているのか。

彼は本当に私の知るブランなのか。

いや、そもそもここはどこで、私はどうなったのか。

全てが分からなくてまともに思考が働かない。

だが戸惑う私を余所に、ブランはひとり大いに盛り上がっていた。

私の顔を両手で挟み、至近距離で見つめてくる。その目は涙で潤んでおり、彼が感極まっていることを示していた。

「リン……ああ、本当に君だ」

「えっ……」

顔が近づいてきたと思った次の瞬間、唇に柔らかいものが触れた。

それがブランの唇だと気づいた私は硬直したが、彼はうっとりと何度も唇を重ねてくる。

温かな唇の感触は好ましいもの。

だけど思考能力が完全に止まっている私には何が起こっているのか理解するのに大いに時間を要した。

彼の唇が五度触れ、ようやくキスされているのだと理解したくらいだ。

完全に為《な》すがままになっていたことに気づき、目を瞬かせる。

ブランは唇を離すと、もう一度私を強く抱きしめた。

「会いたかった……本当に会いたかったんだ。だけど君を呼ぶには色々条件をクリアしなければならなくて。ああ、そうだ。何よりも確認しなければならないことがあったんだ。リン、君、よもやお見合いなんてしていないだろうね？」

「し、してないけど。というか、お見合いは明日だからまだだし……っていうか、これ、本当に現実なの？　夢じゃなくて⁉」

今、抱きしめられているのも先ほどの唇の感触も覚えているが、それでもこれが現実だなんて信じられない。

説明を求めると、彼は腕の力を緩め、私の顔を覗《のぞ》き込《こ》んできた。

「夢なものか。ここはれっきとした現実世界。それは君だって分かっているはずだろう？」

「……それは」

先ほど頬を抓ったことを思い出し、続きの言葉を呑《の》み込《こ》んだ。

確かにあの痛みは現実のものとしか思えなかったからだ。

でも、でも、だ。

ここが現実世界だなんてあり得ない。

だって。

「じゃ、じゃあ、どうして現実世界にブランが存在しているの？　あなたは私が作り出した想像上の人物、イマジナリーフレンドでしょう⁉」

どうしても納得できなくて、私は言うつもりのなかった言葉を投げかけた。

ブランがポカンとした顔で私を見つめる。

「えっ、君、今まで私のことをイマジナリーフレンドだって思っていたの？」

「ち、違うの？」

「違うよ！　そんなわけないじゃないか！」

「で、でも……ブランとは夢の中でしか会えないし、触れられなかったから……だから！」

そうとしか考えられなかったのだ。

だがブランは心底心外だという顔をした。

「……夢の中でしか会えなかったのは、世界が違うからだよ。私の世界の方から君の夢に介入して、君をこちらに呼んでいたんだ。触れられなかったのは、君が実体ではなかったから」

「私？　ブランじゃなくて？」

「実体でなかったのは君の方。また今度案内するけど、とある場所から君の魂を毎晩こちらに引き寄せていたんだ」

「……は、はあ⁉」

実は私こそが異世界に呼び寄せられていたと知り、仰天した。

ブランは驚く私に、言い聞かせるように告げる。

「君は私のたったひとりの異世界のつがい。だからこそ、遠く離れた異世界からもその魂を呼び寄せることができた。だけどね、身体ごとこの世界に来てもらおうと願うなら、こちらからの働きかけだけでは上手《うま》くいかないんだ」

「ちょ、ちょっと待ってよ。そもそもその、異世界のつがいって、何？」

話を遮る。

ひとつひとつ疑問を解消しなければ、先に進まれても余計に分からなくなるだけだ。

「異世界のつがいは――うーん、そうだね。運命で定められたたったひとりの人という意味かな。この広い世界、異世界も含めた全ての世界のどこかにいる自分だけのつがい。私の場合は、君がそれに当たるんだ」

「……動物でいうところの夫婦、みたいな？」

「全然違う。別世界にいるたったひとりしかいない運命の人と認識してくれたらそれが一番正しいかな」

ブランの言葉に困惑を隠せなかった。だって私の生きていた世界にそんなよく分からない制度はなかったから。

それでもなんとか彼の言うつがいという概念を理解し、頷いた。

「分かった。それで？」

「つがいの夢を通して、その魂をこちらに呼ぶ方法があるからそれを使って君を呼んだ。でも、君自身をこちらの世界に呼ぼうとするのなら、ある条件を満たさなければならない。それは、つがいである君の同意を得ること」

「えっ……」

「昨夜、君は言ってくれたよね。私の世界に来ても良いって。君が同意してくれたからこそ、君をこちらに転移させることができたんだ。君が頷いてくれて私がどれだけ嬉しかったか分かる？」

「え、えっと」

「せっかく恋人になっても触れることすら叶わない。もっと近づきたいのに、君を思いきり抱きしめることもできない。だけどもうそんな日々は終わりを告げたんだ。これからは正しく恋人として触れ合える。本当に嬉しいよ」

ブランがふわりと笑い、私に向かって片手を差し出す。

「ここは私たちの世界、メイリアータ。改めてようこそ、リン。私たちは君を歓迎するよ」

「メイリアータ……？」

「うん？　君の世界には名前が付いてないのかな」

「う、うん」

そもそも世界が複数あるなんて考えがないから、名前なんてついていない。

ブランの説明に混乱しながらも、私は少しずつ、今聞いた話を頭の中で整理していた。

ブランはイマジナリーフレンドなんかではなく、実在の人物で、異世界から私に働きかけていた。

何故私だったかと言えば、それは私が彼の異世界のつがいだからだそうで、この度、私の同意を得て、自分の世界に私を招いたということだと理解した。

つまり、私はブランに異世界へと召喚されたわけで。

そこまで考え、ハッとした。ブランに詰め寄る。

「ねえ！　私、日本に帰れるの⁉」

大事なのはそこだ。

突然来てしまった異世界。帰り道はあるのかと、それが一番聞きたかった。

詰め寄る私にブランがキョトンとした顔で答える。

「え、無理だけど」

「え」

「連れてくることはできるけど、帰ることはできないよ。だからこそ、本人の同意を得る必要があったんだ」

「……えっと、そもそもその話を聞いていなかったんだけど」

帰れないのなら、最初から帰れないと言っておいてほしかった。

とはいえ、説明されたところで「別に良いよ」と答えただろうけど。

だって私はこちらに招かれる直前、家出してやろうと画策していたのだから。

むしろ帰れないと聞いたことで「やった、あの家に二度と戻らなくていいんだ」という喜びの感情が湧き上がっていた。

気持ちだけで言えば、ガッツポーズでも決めたいところである。

私はごほんと意味のない咳払《せきばら》いをし、言い訳するように言った。

「……ま、まあいいわ。確かに、あなたの世界に行っても良いと言ったのは私だしね。その……一応聞いておくけど、呼んだ限りはブランが私の生活を保証してくれるのよね？」

「もちろん。君に不自由させたりはしない。衣食住、全てにおいて私が責任を持つと約束するよ」

「そこまではっきり言ってしまっても構わないの？」

「？　当たり前でしょ。だって私は君の恋人なのだから。君の世話は他の誰にも譲らないよ」

「……そ、そう」

はっきり恋人と言われ、ちょっと照れた。

ブランが私の肩を抱き寄せる。そうして今までじっと私たちの様子を窺っていた人々によく通る声で告げた。

「皆、彼女こそが私の異世界つがい。リンだ。この通り召喚は成功した。彼女はすでに私の恋人であり、将来を約束している。このあと、私たちは速やかに結婚の儀を執り行う予定だ」

「へっ……!?」

結婚の儀、という言葉がブランの口から飛び出し、素っ頓狂な声が出た。

そして思い出す。

色々あってすっかり飛んでいたが、昨夜ブランにプロポーズされ、流れで受けていたことを。

とはいえ、昨日と今では事情が違う。

今すぐ結婚、みたいに言い出されるのは、さすがに止めてほしいと思った。

「ちょ、ちょっとブラン……」

急いでブランの服を掴《つか》み、意識をこちらへ向けさせる。

だが、それより早く、周囲の人々が反応した。

「おお、ついにブラン殿下が、異世界のつがいと結婚なさるか……！」

「無事に異世界のつがいを迎えられて、これで王家も安泰じゃ」

「あとは一刻も早く結婚式の準備を……」

「こうしてはおられぬ。今すぐふれを出して、殿下のご婚約が整ったことを国民に伝えなければ……！」

「……ん？」

喧々諤々《けんけんがくがく》、好き放題話す人たちの言葉が妙に引っかかった。

彼らは今、ブランのことを殿下と呼ばなかっただろうか。

殿下というのは、王子様を指す言葉で、それはつまりブランが王子様であるということになるのだけれど。

「んん？　んんん？」

変な声を出す私を、ブランが心配そうに覗き込んで来る。

「どうしたの、リン？」

「……ねえ、もしかしてブランって王子様だったりする？」

まさかという気持ちを込めて告げる。

ブランはパチパチと目を瞬かせ、次にこっくりと頷いた。

「うん、実は。今まで言ってなくてごめん。その……畏《かしこ》まられたり、距離を取られたりされたら嫌だなって思って言えなかったんだ」

「……王子様」

「一応、第一王子ってことになってる」

「第一王子って……つまり王太子ってこと？」

「そうだね」

「嘘でしょ⁉」

ぴゃっと飛び上がった。

ある意味、異世界に来たと聞いた時よりも驚いたかもしれない。

ブランが良いところの家の出であることは、会話の端々から感じ取っていた。

所作も美しいし、着ている服はいつだって煌びやかな上流階級にしか許されないと思うようなデザインかつ生地のもので、聡明《そうめい》なところも見え隠れしていた。

更に言えば言葉遣いも綺麗で美しかったから、相当良い家の出身なんだろうなとは思っていた。

私もそういう家で育っているから、なんとなく同類の匂いを嗅ぎ取っていたのだ。

だけど誰が王子だなんて思うだろう。

同類どころの騒ぎではない。

王族。国を統べる定めを持つ王子とか、完全に予想外である。

「……」

あんぐりと口を開く。

あっさりと自分が王族であることを明かしたブランをまじまじと見つめた。

彼は嬉しそうに微笑《ほほえ》み、小首を傾げた。

「何？　あんまり見つめられると照れるんだけど」

「いや、照れられても困るんだけど……って、え？　私、王子様と結婚するの⁉」

「うん、そうなるね」

さらりと返され、ギョッとした。

「冗談は止めて！　私は一般人よ⁉　しかも異世界出身！　どう考えても王子の妃《きさき》なんて無理なんだけど‼」

ブンブンと首を横に振り、叫ぶ。

「えー、話を聞く限り、君もかなりのお嬢様だと思うけど」

「王族と比べないで！　確かにお祖父様は会社をいくつか経営しているし、それなりの地位を持っているとは思うけど、言い換えるならそれだけなの！　百年続く華族とかでもなければ、親戚筋を辿《たど》れば皇族がいるわけでもない、普通の一般人！」

お嬢様であることは否定しないが、レベルが違うのだ。

「王子様が異世界の一般人なんかと結婚とか、普通に国民が黙っていないでしょ。私だって、突然自分の国の皇族が異世界人と結婚します～なんて言ったら、対外的には祝いこそすれ、内心では猛反発するわ！」

堂々と嫌ですとは言えないが、気持ち的には納得できないだろう。

外国人と結婚するくらいなら心から祝福できても、異世界人はさすがにハードルが高すぎると思うのだ。

だが、ブランは笑っている。

「ちょ、どうして笑うの」

「いや、リンはうちの国民のことを考えてくれたってことなんだよね？　だから嬉しくて」

「喜ばないで⁉」

それに悪いが心配しているのは私が叩《たた》かれることであって、ブランの国の民ではない。

万が一私が彼と結婚すれば、皆のヘイトは私へと向かうだろう。

きっと陰口を叩かれたり、ブランの見ていないところで酷い嫌がらせを受けたりするのだ。

これは被害妄想なんかではない。現実にありうることだ。

「うわあああ……絶対に嫌」

「大丈夫だよ。皆、君のことを歓迎しこそすれ、嫌がるなんてあり得ない」

「どうしてそんなことが言えるのよ」

断言するブランを睨《にら》むと、彼はあっさりと言い放った。

「だってクルール王家の第一王子は、異世界のつがいと結婚するって昔から定められているから」

「え……」

ポカンとブランを見る。彼は私の手を握り、その甲に口づけた。

唇の感触にドキッとする。彼は唇を離し、私の目を見返した。

「さっき説明したでしょ。君は私の異世界のつがいだって。クルール第一王子には生まれながらにつがいが存在するんだ。それもこの国ではなく異世界に。第一王子はそのつがいを呼び寄せ、結婚することが求められ、定められている。ある意味王位を継ぐ条件みたいなものかな。だからむしろ皆は喜ぶよ。ようやく妃となる女性を連れてくることができたんだってね」

「……何それ」

頭が酷く痛かった。

ただでさえ、イマジナリーフレンドだと思っていた相手が実在していただけでも驚きだったのに、実はその相手が王子だっただの、異世界のつがいだのと色々言われ、完全に容量オーバーとなっていたのだ。

そして何より『つがいだから呼び寄せた』という言葉が引っかかっていた。

まるで、そう決められていたからそうしたのだと言わんばかりの言葉。

私でなくても良かったのではないか。私である必要性はどこにあるのかという疑問を生じさせる。

私でなくても良い。

それは、『自分自身』を見てほしいと願っている私にとっては、どうしても看過できない言葉だ。

「……」

「リン？」

「……ごめん。色々言われて、混乱しているの。今は何も考えられないし、考えたくない。……悪いけど、少し休ませてもらえる？」

ギュッと唇を噛みしめ、なんとかそう告げた。

実際、いまだ混乱しているのは事実だし、少し落ち着いて現状や今後のことを考えたいとそう思った。

本当は、感情のまま叫び散らかしたい。

「私でなくても良かったんでしょう？」

そう、問い詰めたい。

だけど何も理解できていない状況で、ブランに詰め寄るのはさすがにおかしいということくらいは私にだって分かっていた。

だから落ち着いて、一度自分の気持ちを整理したいと思ったのだ。

縋《すが》るようにブランを見る。彼は少し目を見開くと、やがて小さく頷いた。

「分かったよ。確かに異世界からやってきたばかりのリンに色々言い過ぎたね。君の部屋は用意しているから、そちらで休むといい」

「ありがと。　助かるわ」

「いや、君の気持ちを何も考えず、先走った私たちが悪いんだ。――さあ、こっちだ。私が部屋まで案内するよ」

「……うん」

手を差し出され、その手に己の手を重ねた。

何度も触れているというのに、やっぱり触れることができたという事実に驚きを感じてしまう。

――そっか、ブランは実在しているんだ。

イマジナリーフレンドなんかではない。彼は、ちゃんと実在している人間なのだ。

それを改めて感じ、黙り込む。

ブランのエスコートで広間を出る。彼の他にいた人たちも邪魔をする気はないようで、黙って道を空けてくれた。

広間を出れば広い廊下。あちらこちらキラキラしていて普段の私なら目移りしたと思うが、今日はそんな気分にもなれなかった。

無言で十分ほど歩き、ブランは装飾の施された扉の前で足を止めた。

「ここが君の部屋。……あとで来るけど、しばらくひとりでゆっくりするといいよ。少し落ち着いたら、また話を聞いてくれると嬉しいな」

「……うん」

ドアノブに手を掛ける。鍵は掛かっておらず、扉はすんなりと開いた。

中に足を踏み入れると、後ろからブランが言った。

「じゃあ、またあとで」

黙って頷き、扉を閉める。扉の閉まる音が聞こえた瞬間、ドッと疲れが襲ってきた。

「っ！　はあああああああ……」

耐えきれず、その場にしゃがみ込む。

どうやら気づかないうちにずいぶんと緊張していたようだ。それがひとりになったことで一気に緩んだのだろう。

よろよろと立ち上がり、部屋を見回す。

部屋の奥にはベッドが見える。ふらふらとそちらに向かった。何も考えず、ベッドに倒れ込む。

心地良い弾力に全身から力が抜けた。

疲れからか耐えきれない眠気が襲ってくる。

「……ああ、もう駄目」

とにかくにもまずは寝たい。

私はそのまま目を閉じ、夢の世界へ旅立った。

第三章　好きだけど色々と追いつけない

「……ううん」

意識がゆっくりと覚醒する。

目を覚ました私は、のそのそとベッドから起き上がった。

息を吐き、ポツリと呟《つぶや》く。

「……ブラン、出てこなかったわね」

今の眠りに彼は現れなかったのだ。

さっき見ていたのは、もう存在すら忘れかけていた普通の夢だった。

そんなこと、この十年ほどで初めてだ。

いつだって眠りに就けば、彼が迎えてくれていたから。

そちらこそが異常だと分かっているけど、私にとっては当たり前の日常だったのだ。だからか、ほんの少しだけれど寂しさに似た気持ちを抱いてしまった。

もう夢の中に彼は現れないのだろうか。機会があれば、ブランに聞いてみようとそんな風に思った。

「……綺麗な部屋」

少し眠ったことで、疲労が軽減されたのだろう。周囲の様子を観察する気力が戻ってきていた。

さっきまでは部屋の内装など気にする余裕もなかったのだ。

とにかくひとりになって落ち着きたい。その一心だった。

ベッドから下りる。

スリッパが脱ぎ散らかされているのを見て、ため息を吐いた。

私が日本で愛用していたスリッパで、先ほどまで靴代わりとしていたもの。

何せ、廊下を歩いている時にこちらへ連れて来られたのだ。靴なんて履いているはずがない。スリッパがあってラッキーだったレベルだ。

「まずは靴よね……あとで用意してもらおう」

自分がいる場所を調べる。

私に与えられた部屋は、客を迎えられる主室とその奥に寝室という造りになっていた。

寝室には扉はなかったが、主室からはベッドの端っこしか見えないようになっているので、プライバシーは十分に守られているように感じる。ベッドも天蓋《てんがい》付きのものだし。

部屋の内装は、歴史の図表で見た王宮の一室のような煌びやかさだ。

「うわ」

天井を見上げれば、一面に絵が描かれていることに気がつく。天井画というやつだ。

異世界のことはまだ分からないけど、おそらく宗教画の一種なのだと思う。

その天井からは美しいシャンデリアが吊《つ》り下《さ》げられている。

壁や柱を見てみれば、こちらは金で複雑な文様が刻まれており、主室には暖炉らしきものまであった。

暖炉の前にはローテーブルとソファが置かれていたが、おそらくこれも相当な値打ちものだろう。

複雑な色合いと繊細なデザインから窺《うかが》い知《し》れる。

書き物ができるデスクにチェストやクローゼット。

寝室にあるクローゼットには女性ものと思われるドレスがぎっしり詰まっていた。

優美で上品なデザイン。スカートの膨らみは控えめではあるが華やかだ。

もしかしなくてもこれは、私のために用意されたのだろうか。

更には下着や靴、寝衣や部屋着らしきものまで見つけてしまい、用意周到ぶりに驚いた。

いや、助かるのだけれど。

何も用意がないと言われるよりはかゆいところに手が届く方が有り難いので文句はないが、これをブランが準備したのかなと思うと少々複雑な気持ちになる。

「使って良いなら靴、履きたいけど……ううん、ブランに確認してからの方が良いよね」

私のために用意されたものだとは思うが、確認は必要だ。

もし違った場合、申し訳が立たない。

主室に戻り、暖炉を見る。飾り物ではなく実際に使われているようだ。

暖炉の上には時計がおいてあり、今の時刻を指し示していた……って。

「はあ？　なんで読めるの？」

時計に記されている文字は私には全く馴染《なじ》みのないもの。それなのに何故か私には読むことができた。

「……そういえば、普通に言葉も通じていたよね？」

今まではイマジナリーフレンドだからと気にしてもいなかったが、そもそもブランとだって普通に会話が成立していた。これは一体どういうことなのか。

「……これが異世界マジック？」

全く知らない文字を見ているはずなのに、何が書いてあるか分かるとか、小説や漫画の世界だ。だけど、現実問題として言葉や文字が分かるのは有り難い。

もし意思疎通ができていなければと思うとゾッとする。とてもではないけれど、帰れなくてもいいなんて思えなかっただろう。

言葉が通じるというのは本当に有り難いことなのだ。

「ふう……」

近くのソファに腰掛けた。

少し気持ちにも余裕が出てきたことだし、落ち着いて考え事でもしてみようと思ったのだ。

「とりあえず、帰れないことは確定してる、と。ま、それはいい。元々逃げようって考えてたくらいだし、むしろラッキーだわ」

生活が保証されるのなら、まあよし。それが私の下した結論だ。

それならあと考えることは、ふたつだ。

まずは彼の言っていた異世界のつがいについて。こちらはあとで本人にもう少し詳しく聞いて、色々判断するとしてあとひとつ。

「……ブランと結婚するっていう話よね」

それが一番問題だ。

別に結婚するのはいい。私は一般人だが、皆が納得しているのなら、好きな相手との結婚を断るつもりはないのだ。でも。

「できれば少し時間が欲しい」

それが本音だった。何せ異世界からトリップした直後。いきなり結婚なんて気持ちがついていけない。はい、そうですかと結婚できるほど、私は神経が図太くない。

そしてもうひとつ。これも本音のひとつなのだけれど、可能なら恋人期間も欲しいかなと思う。

何せイマジナリーフレンドだと思っていた恋人が現実に存在したのだ。

それならちょっとくらい、夫婦ではなく恋人として過ごす時間を楽しんでも構わないではないか。

時間が欲しいことと恋人期間を設けたいという願いは、相反するものではないし、ブランに一度相談してみるのもいいかもしれない。

「……ま、そう希望通りに行くとも思えないけど……」

ブランは、第一王子は異世界のつがいと結婚することが定められていると言っていた。だから私の知らないうちに結婚準備が着々と進められて、とか普通にありそうだと思う。

「……リン。ブランだけど。そろそろ良いかな？」

答えの出ないことを悩み続けていると、ノック音とブランの声が聞こえた。その声で一気に現実へと引き戻された私は慌てて立ち上がり、返事をした。

「ど、どうぞ！」

「お邪魔します。あ、良かった。少し顔色も良くなったね」

心配そうな顔で部屋に入ってきたブランは、私を見ると胸を撫《な》で下《お》ろした。

「さっきの君は顔色も蒼白《そうはく》で今にも倒れてしまいそうだったから心配で。侍医を呼ぼうかとも思ったんだけど、知らない人に近くにいられるのは嫌かなと思って」

「ありがとう。その気遣いは嬉しいわ」

とにかくひとりになりたかったさっきの私に、更なる異世界人など連れて来られた日には、それこそストレスで倒れること間違いなしだ。

「もう、大丈夫？」

「うん。少し寝たから落ち着いた。でも、夢にブランが出てこなかったから逆に変な気分にはなったかも。どうして来なかったの？」

いつも通り夢に来てくれたら、それはそれで良かったのに。

そう思いながら告げると、ブランは残念そうに言った。

「君はこちらの世界にいるからね。もう夢に干渉することはできないよ」

「そうなの？」

「うん。それに、触れられない世界で話すより、こうして触れ合いたいから。もしできたとしても、もう行かないと思う」

「ふうん。そういうもの？」

「うん」

ブランが手を伸ばし、私の手を握る。

彼の手から温かい温度が伝わってきて、ドキッとした。

改めて彼がここに生きているのだと感じてしまい、同時にこの格好良い人が自分の恋人なんだなと嬉しい気持ちになる。

——だって、ブランってすごく素敵なんだもの。

外見が洗練されているのは言うまでもなく、性格もとても優しく、私にとってはパーフェクトな恋人だ。

己の恋人に見惚《みと》れていると、彼はにこりと笑って言った。

「君さえ良ければ、外で軽食でもどうかな。質問もあるだろうし、答えられるものは答えるよ」

「う、うん。嬉しい」

「いいよ。じゃ、こちらにどうぞ」

ブランが当たり前のように手を差し出して来る。この世界ではエスコートが普通なのだろうか。彼らの服装や部屋の雰囲気を見る限り、中世ヨーロッパに近しい感じだから、そういう心づもりでいた方が良いのかもしれない。

そう思ったところでハッとした。

「あ。できれば靴を借りたいんだけど」

「ん？　靴？」

「そう。私、廊下を歩いているところを連れてこられたからスリッパしか履いていなくて……」

足下を見下ろしながら言う。ブランは首を傾げた。

「え、寝室にあるクローゼットに入っていなかった？」

「入っているのは見たけど、私が使っていいのかは分からないじゃない」

「この部屋にあるものは全て君のために用意したものだから、好きに使ってくれていいよ」

あっさりと言われ、私は目を瞬かせた。

「良いの？」

「もちろん。君をここに連れてきた責任は取ると言ったでしょう？　足りないものがあれば言ってくれればすぐに用意するし、サイズが合わないようならそれも気軽に言ってほしい」

「わ、分かった。じゃあ少し待ってくれる？　靴と……できれば着替えたいなと思うんだけど」

自分の格好を見下ろし、言った。

当たり前だが、学校帰りに異世界転移させられた私の格好は制服なのである。

ブレザーで、胸元にリボンがあるタイプ。スカートは膝丈というごく一般的な制服だった。

制服は動きやすいし、別に嫌いとかではないが、この格好だと間違いなく目立つし、できれば着替えておきたかった。

「分かった。ええと、着替え方が分からないなら女官を呼ぶけど」

「大丈夫……だと思う。無理そうなら助けを呼ぶからその時はお願い。ええと……外で待ってもらっても？」

「もちろんだよ」

快く頷き、ブランが部屋を出て行く。

扉が閉まったのを確認してから寝室へと駆け込んだ。

クローゼットを開き、さっき軽く確認したものを再度チェックしていく。

「うーん……このワンピースっぽいドレスで良いか」

私が手に取ったのは、レースとフリルが可愛いドレスだった。

雰囲気で言うなら、私の世界でいうところの、ロココ調が一番近いのではないだろうか。

生地全体に薔薇の花がデザインされている。

私には可愛すぎるデザインかと思ったが、たまには良いかと思った。

実は、こういう服に憧れがあったのだ。

祖父母は古いタイプの人で、シンプルなワンピースや白いニットに膝下までのスカート……みたいな格好を好んでいたから、憧れてはいても着る機会はなかった。

昔からの願いが叶ったようで嬉しい。

サイズも着方も問題なさそうで、無事、着替えることができた。

靴はブーツがあったので、それを選ぶ。紐《ひも》で結べば、多少サイズが違っても履けると思ったのだが、幸いなことにぴったりだった。

クローゼットの隣には全身を映す姿見があり、それに自身を映す。多分、おかしくはないはず。

「お待たせ」

一応確認してから部屋を出た。廊下の壁にもたれ掛かっていたブランが、身体を起こす。

「そんなに急がなくても良かったのに。あ、やっぱり似合うね。リンに似合うかなと思って選んだんだ」

「これ、ブランのチョイスなの？」

「もちろん私だけでなく、女官たちにも協力してもらったけどね。あと、何か足りないものはある？言っておいてくれたら部屋に戻ってくるまでに準備させておくけど」

「今のところ思いつかないから、大丈夫。また何かあったらお願いするね」

「わかった。いつでも言って。君に不自由させるつもりはないから」

「ありがとう」

はっきり不自由させないと言ってもらえると、なんとなくだけど安心する。

ブランが手を差し出してくる。

これはエスコートだなと思い、手を載せようとしたが、ギュッと握られてしまった。

「え」

「違うよ。せっかくだから手を繋いで行こうっていうお誘い。私たちは恋人同士なんだからそれくらい構わないよね？」

「う、うん……」

「良かった」

「わっ……」

指を絡める、いわゆる恋人繋ぎに変えられ、声が出た。

でも仕方ないではないか。今まで恋人なんていなかったのだ。

こんな如何《いか》にもというような手の繋ぎ方、したことがない。

「ブ、ブラン？」

「こっちの方が『らしい』でしょ？」

「それは……うん」

「ずっとこうやって君に触れたかったんだ。願いが叶ってとても嬉しいよ。君は？　君も同じように思ってくれたら幸せなんだけど」

優しい目で見つめられ、顔が赤くなった。

「も、もちろん私も嬉しいけど、私、こういうことは初心者なので、何卒《なにとぞ》ゆっくりお願いします……」

照れながらも言うと、ブランは繋いだ手ごと私を引き寄せながら言った。

「善処するよ」

「それ、結局言うこと聞いてくれないやつじゃない」

反射でツッコミを入れ「あ」と思った。その勢いのままブランに聞く。

「そうだ！　私、この世界の言葉が分かるんだけど」

「え、今頃？　ずっと夢の中で私と話していたのに？」

ブランの言うことは全くもってその通りだったが、私は『不思議夢パワー』的なものかと思っていたのだ。夢だから何が起きても大丈夫。そんなノリだったのである。

そう言うとブランは「不思議夢パワーって何？」と呟いたあと、私に説明してくれた。

「……ええとね、言葉、あと文字が理解できるのは神のお力によるものだよ。君の世界にないものなんかは、君が理解しやすい言葉に置き換えられるようになっている」

「神様って、名前はあるの？」

「もちろん。唯一神、メイリアータ様だ」

「……メイリアータ。それってさっき言ってたこの世界の名前？」

「うん。ここはメイリアータ様が創造された世界だからね」

「へえ……どんな神様なの？」

「どんな？　メイリアータ様はメイリアータ様だけど……うーん、敢《あ》えて言うのなら全てを司《つかさど》る方、かな」

よく分からなかったが、一応頷いておく。

しかし、実際に神という存在がいて、言葉が通じるようにしてくれているというのは、日本に生きていた私には不思議な話だ。

ブランが補足を入れてくる。

「さっきの続きだけど、言葉の置き換えといえば、食べ物なんかが良い例だね。……あ、着いた。せっかくだ。この話はお茶をしながらすることにするよ」

歩いているうちに、いつの間にか庭に出ていた。

なんとなく気になり、後ろを振り返る。

「うわっ……お城？」

私の目に映ったのは、映画の中や歴史の図表でしか見たことのなかったヨーロッパ風のお城だった。

白亜の城は美しく、尖塔《せんとう》がいくつもそびえ立っている。

「私……お城にいたの？」

「言ってなかったっけ？　ここは私の住まいでもある、ローズブリアン城。君がいたのはその本館だよ」

「……ブラン。本当に王子様だったんだ」

「そう言ったじゃないか。確かに君に言わなかったことはあるけど、少なくとも嘘は吐いていないよ」

「わ、分かってる。ちょっと驚いただけだから」

騙《だま》されたとかは思っていない。ブランが嘘を吐くような人だとも。

ただ、自分が映画で見るようなお城にいたのだと俄《にわか》には信じがたかっただけなのだ。

「うわあ……」

「物珍しく見えるのも異世界人の君なら当然だと思うけど、まずはお茶にしようよ。庭園に茶席を準備させているから。ほら」

「本当だ」

城から視線を移すと、庭師が整えているのだろうとひとめで分かる美しい庭が広がっていた。イングリッシュガーデンに近いだろうか。赤や黄色、オレンジや白の花が美しく咲き誇っている。花に紛れて、女官らしき人物たちが、忙しく働いていた。お茶の準備をしているのだろうか。白いテーブルと椅子があり、三段のティースタンドも見えた。

「わ……アフタヌーンティー」

思わず目を輝かせた。

私はアフタヌーンティーが好きなのだ。

純和風を好む祖父母だが、ホテルでのアフタヌーンティーくらいなら強請《ねだ》れば連れて行ってもらえるので、数ヶ月に一度ほどわがままを言わせてもらっている。

ここは異世界だけれど、初めて自分が馴染んだものが出てきて、心底ホッとした。

「喜んでもらえたのなら嬉しいな。さ、行こう」

「ええ！」

自然と声も弾む。

ブランに続き、茶席まで行く。女官が椅子を引いてくれたので、それに合わせて腰掛けた。

テーブルの上には空のティーカップがあり、紅茶が注がれる。

「……良い匂い」

少し甘みのある匂いに癒《いや》される。女官たちは紅茶を注いだ後、ティーポットを残し、頭を下げてから立ち去った。

ふたりきりになり、少しホッとする。

やはり知らない人がいると、少しは緊張するのだ。

ティースタンドには一段目にセイボリーと二段目、三段目にスイーツが載っている。

別皿にはスコーンもあり、ますます私の知るアフタヌーンティーだと思った。

「異世界だというから、食べ物なんかも全然違うのかと思ったんだけど、結構似ているのね」

「少し味は違うみたいだよ」

「そうなの？」

「うん。今までこちらに来た異世界のつがいたちはそう言っていた。似ているけど違うって」

「！　そのことなんだけど！」

ブランの口から異世界のつがいという言葉が出て、慌てて声を上げた。

「その……異世界のつがいについてもう少し詳しく教えてくれない？　私の世界にはない概念だから
いまいち理解できなくて」

「いいよ。食べながら話そうか。リンも好きに食べて。テーブルマナーは気にしなくて良いから」

「いいの？」

実は気にしていたことだったので、言ってもらえて助かった。ブランが笑顔で私を促す。

「もちろん。常識が違うんだから、君は君が正しいと思う方法で食べれば良い。大体ね、テーブルマナーなんて、相手を不快にさせなければそれでいいんだと私は思うよ」

「確かにそうよね。ありがとう。それなら遠慮無くいただきます」

「スコーンが焼きたてみたいだから、よければそちらからどうぞ」

「うん」

ブランの薦めに従い、ふたつ置かれたスコーンを手に取る。その近くにはジャムやクロテッドクリームのようなものが置いてあった。

試しにクロテッドクリームと思われるものを塗り、スコーンを口に運ぶ。

「……紅茶のスコーン？　いえ、私の知っているものと違うような……」

よく似ているが、覚えている味と微妙に違い首を傾げていると、ブランが言った。

「ね。そういうこと。口に合わなかったら、無理に食べなくて大丈夫だから」

「あ、それは平気。十分すぎるほど美味《おい》しいから」

違うとは思ったが、少し変わり種のスコーンと思えば納得できるし、味は文句なく美味しい。

ただ、自分が想像した味ではなかったから驚いただけ。

「なるほど……確かにこれはスコーンとしか言えないわ」

先ほどブランに説明された、言葉の置き換えの意味が分かった気がした。

本当はスコーンではないが、私の世界にあるものに例えるのならスコーンとしか称せない。

分かってしまえば納得だし、実に便利な翻訳機能だと思う。

ただ、同じ味のものもある。たとえばクロテッドクリームだが、こちらは私が知っているのと全く同じ味だった。

ブランはティーカップをとり、紅茶を一口飲んでから話し始めた。

ちなみに紅茶は、私の知っている紅茶だった。馴染みのあるものも多いようで、その辺りは嬉しい。

「早速だけど、さっきの君の質問に答えようか。確か異世界のつがいについて、詳しく知りたいんだったよね？」

「うん」

頷くと、ブランは少し考えるような顔をした。そうして口を開く。

「一言で言えば、神より定められた運命の伴侶、かな。この国の第一王子は生まれながらにして結婚相手が神により決められているんだ。その相手は異世界のつがいと呼ばれ、必ずこの世界ではなく異世界に生きている女性の中から選出される」

「……神様が選ぶの？」

「そう、腹立たしいことにね。こちらには一切選択権がない」

ブランの言葉を聞き、驚いた。

まさか彼の口から『腹立たしい』などという否定的な言葉が出てくるとは思わなかったからだ。

吃驚《びっくり》している私にブランは「当たり前でしょう」と言う。

「最初から決められた相手がいて、しかも異世界人だなんて普通に納得できないよ。特に私は君も知っての通り、人嫌いを拗らせているからね。そんな私が異世界のつがいの話を聞いたところで素直に頷けるはずがない。正直、最初に聞いた時は徹底的に反発したよ」

「……そうなの⁉」

「うん。でも第一王子が異世界のつがいと結婚することは、法で定められているから。だから抗っても許されなくて、夢見の庭へと連れて行かれた」

「夢見の庭？」

聞き慣れない言葉が飛び出し、首を傾げた。ブランが続ける。

「君と私が毎晩過ごした噴水のあるあの庭のことだよ。そこに第一王子が入ると、自動的に魔法式が起動して、その王子のつがいの魂を呼び寄せることができるんだ。あの頃は、何もかもが腹立たしくてね、こうなったらそのつがいとやらを徹底的に拒絶してやろうって決めたんだ」

「……ね、それってもしかしなくても出会いの時の話？」

ブランとの出会いを思い出し尋ねると、彼からは肯定の言葉が返ってきた。

「そう。少し考えれば、訳も分からず連れて来られた君に対し、していい態度ではないと分かったと思うんだけどね。当時の私は全てが憎くて。あの時の私が求められていたのは、異世界のつがいである君と逢瀬を重ね、こちらの世界に来ることを了承してもらうこと。でも、そんな気はさらさらなかった」

「……」

「いっそ嫌われてしまえってそんな感じだったよ」

ティースタンドの三段目に載っていたマカロンらしきものを取ろうとしていた手が止まる。

確かにあの時のブランは、完全に私を拒絶していた。

話し掛けてもけんもほろろな態度で、正直、退屈に殺されそうにならなければ、再度話し掛けようなんて思わなかった。

その時のことを思い出しながら彼を見る。

「えっと、そんなに拗らせていたのに、どうして急に風向きが変わったの？」

「あの時、君に告げた通りだよ。……寂しかったと言った君が、本当に寂しそうにしていたから。あの顔を見て、鈍器で思いきり頭を殴られたような気持ちになったんだ。目が覚めたっていうか。何も事情を知らない君に当たるのはどう考えたって間違っている。やっとそう思うことができたんだ」

ゆっくりと首を左右に振るブラン。その表情は苦く、昔を後悔しているのが伝わってきた。

「そっか。だから私と友達になってくれたのね」

「弟の件で人嫌いを拗らせていた私だけど、よくよく考えれば、異世界人の君には何も関係ない話だ。世界が違えば常識も違う。それなら……何もかもが違うなら、友達くらいにならなれるかもしれないって思えた」

「うん」

告げられた言葉を聞き、優しい気持ちになる。

「あとは、君も知っての通り、長く友人として過ごしていたよ。周りには早く異世界のつがいの同意を引き出せってせっつかれたけどね。そこは頑として頷かなかったなあ」

懐かしむように告げるブラン。私は、先ほど取るのを止めたマカロンに再度手を伸ばした。

ピンク色のマカロンは見た目も可愛らしい。

一口サイズのマカロンを口に運ぶと、甘く幸せな味がした。

私が想像する味とは違ったが美味しいし、むしろこちらの方が好きかもしれない。

これがこっちの世界のマカロンなのかと思いながら、疑問に思ったことをブランに尋ねた。

「ねえ、どうして異世界人のつがいを皆、受け入れられるの？　普通なら常識も何もかも違う相手を自国の王族として迎えたいなんて思わないでしょう？」

「簡単だよ。信仰する神、メイリアータ様が選ぶつがいを拒否しようなんて、そもそも皆、考えもしないんだ。そういうものだと思ってる。それにね、これが何より重要なんだけど、異世界から来たつがいには例外なく国のためになる特別な力――異能が神から付与されるんだ。皆、その力が欲しいんだよ」

「異能？」

首を傾げる。どうにもピンとこなかった。

「うん。たとえば、私の母上――現在の王妃は雨乞いの力を与えられた。ちょうど母上が召喚された時、うちの国は干ばつが長く続き、穀物倉庫の蓄えが底を突きかけていてね。母が与えられた力を使い、雨を呼び、国は助かった」

「王妃様。王妃様も異世界人なの？」

「第一王子の妃は全員もれなく異世界人だよ。多分、君がいた世界とはまた別の世界だと思うけど」

「そう、なんだ……」

一瞬、同じ世界出身なのかなと思ったが、そう都合良くはいかないようだ。まあそれはそうか。

ブランの話を聞けば分かるけど、世界なんてきっと無数にあるのだろうから。

「……えっと、異能って雨乞いの力のことなの？　私も雨乞いができたりする？」

気持ちを切り替え、話を戻した。ブランは「違う」と否定し、紅茶で喉を潤した。

「私の母上が雨乞いの力を授けられたというだけで、雨乞いとは決まっていない。祖母には高い戦闘能力が与えられたしね」

「戦闘力……雨乞いじゃなくて？　それってありなの？」

「もちろん。祖母が召喚された時、隣国に攻め入られ、危ないところだったそうだよ。それを祖母がひっくり返した。上げていけば枚挙に暇がない。その時代時代に必要な力を神は第一王子のために選んだ異世界のつがいに授けると、そう伝えられている」

「ふうん……じゃあ、私にはなんの力があるの？」

いまいち信じ切れないと思いながらも尋ねる。

何せ生まれてこの方、不思議議現象などブラン以外に出会ったことがないからだ。

だから自分に特殊な力があると言われても、素直には頷けない。

「ごめんね。リンの力が何なのか、今は誰にも分からない。必要な時になれば自然とその力があることに気づくって、母上とお祖母様は仰《おっしゃ》っていたけど」

「……頼りにならない話ね」

「確かに。でも絶対に君に与えられた異能はあるはずだから、不安に思う必要も気にする必要もないよ。君らしく過ごしていれば、いずれ分かると思うから」

「……そう。その……ブランも私のその特殊能力が欲しくて、私を呼んだの？」

我ながら格好悪いと思いつつもどうしても気になり、言ってしまった。

話を聞けば分かるとおり、ブランは私と結婚するつもりはなかった。だけど、事実として彼は私をこの世界に召喚している。

やはり王子として、異世界人のつがいに与えられるという特殊能力を無視することはできなかったのではないだろうか。

もしかしたら、私に対して恋愛感情があると告白してきたのも、能力目当てだったのかもしれない。

そんな風に思ってしまったのだ。

だがブランは目を丸くし、大声で叫んだ。

「まさか！　そんなはずないよ！　私は君のことが好きになったから、君と結婚したいと思ったから、告白したしプロポーズしたんだ。役に立つからなんて理由であるはずがない！」

「そ、そうなの？」

あまりの勢いに、気圧《けお》されてしまった。思わず仰《の》け反《ぞ》る。

だけど、当たり前のように否定してくれたことは、現金だと分かっていたけれど嬉しかった。

「友達でいようと思った。友達のままで良いと思っていたんだ。でも、日に日に君を好きになって。誰にも君を渡したくないと思ったから告白したんだ。それ以上の意味はないよ！」

「う、うん」

「君を好きになったきっかけは、あの日。君にお告げのことを話した日だよ。君は私の話を聞いて、理解した上で、それでも手を差し伸べてくれた。あれは本当に嬉しかったし、そこから少しずつ君を好きになっていったんだ。断じて、能力なんて目当てにしていない！　それは私に対する侮辱だよ！」

「ご、ごめん！　私が悪かったから！」

勢いよくまくしたててくるブランに謝る。

だけど真剣な顔で訴える彼を見て、どこかホッとしている自分がいることにも気がついていた。

私である必要性はあったのか。

異世界のつがいの話を聞いた時から私が胸に抱いていた不満。

それが今のブランの言葉で解消された心地だった。

――そう、そうよね。考えてみればブランは告白してくれた時も言っていたもの。

誰かに重ねたりしない。私自身を見てくれる、と。

事実、彼はずっとそうだった。

きちんと私を見てくれた。だからこそ私も彼の想いに応えようと思ったわけで。

そんな何よりも嬉しい言葉をくれ、行動で示してくれた彼が、ただ決められた相手だからという理由で私を得ようとするはずがなかった。

それが信じられるくらいには、私はブランという人を知っている。一年、二年の短い付き合いではないのだ。

「ごめんなさい。その……少し不安になってしまっただけ。許してくれる？」

もう一度謝ると、ブランは矛を収めてくれた。

「……いいよ。異世界から召喚されたばかりで不安定になっていると分かっていたのに、君に疑いを持たせてしまうような発言をした私も悪かったから。でも、私の気持ちは疑わないでほしい。……許されないと知っていても、本当に最初は異世界のつがいと結婚する気なんてなかったんだ」

「うん」

「友人のままで良いじゃないかとずっと思っていた。でも、好きになってしまったから。そうしたらもう駄目だった。手に入れたいってどうしようもなく思ってしまって」

「……」

「だから呼ぼうって思った。王子の立場とか義務とかそんなのは関係ない。ただ私が君のことが欲しくて、それだけ。もちろん使えるものはなんだって使うけどね。リンを手に入れたいと思った動機だけは疑ってほしくない」

「うん、分かった。ごめん。二度と疑わない」

真剣に思いをぶつけられ、こちらも真面目に返した。

ブランがホッとしたように息を吐く。

「良かった……。もう、能力目当てと思われるとか勘弁してよ。何もなくたって私はリンが良いんだ。リンしか好きじゃないし、リン以外妻に欲しいとは思わない」

「そ、そう」

今の台詞《せりふ》はちょっとドキッとした。

じわりと頬が熱くなったのが分かる。

ブランはそんな私を見つめ、目を柔らかく細めた。立ち上がり、私の側へと歩いてくる。

そっと手を握られた。

「えっ」

「ねえ、リン。分かってくれた？　私がどれだけ君を愛しているのか。本当に君がここに来てくれて嬉しいんだ。君という人に触れられる今が、心から幸せだって思ってる」

「……っ」

本心から言っているのだと分かる声音に息を呑む。

「君が——リンが好きだよ。心の底から愛してる。だから君を呼んだし、あの日告げた通り、妻に迎えたいと思っている。それが私の本音だ」

「……う」

「改めて言うよ。私と結婚してほしい。きっと君を幸せにすると誓うから」

握られた手から彼の熱が伝わってくる。

ブランの熱い想いが嬉しいと思った。そこまで私を想ってくれていることが幸せだと思えた。

でも、ここで流されるのは違うと思う。

だから私は彼に相談しようと思っていたことを正直に告げた。

「……ちょっとだけでいい。待ってくれない？」

「え？」

目をパチクリさせてブランが私を見つめてくる。

「私、ブランのことが好き。ずっと触れることすらできなかったあなたに会えて嬉しいって本当に思ってる。でも、じゃあはい、今すぐ結婚しましょうとは思えなくて」

「リン……」

「時間が欲しいの。それで、その期間は恋人として過ごしたいなって思うんだけど……駄目？　都合良すぎる？」

じっとブランを見つめる。彼は握っていた手を放し、頷いた。

「……分かった。それでいいよ」

「え……？」

「君にとってここは初めて来た異世界で、気持ちだって追いついていない。そんな時に更なる人生の決断を迫るなんてするべきではなかったね。結婚は、君の気持ちが固まるまで待つよ。それが、私が示せる誠意だと思うから」

「ブラン……」

「でも、できるだけ早くしてくれると嬉しいかな。……せっかく君が来てくれたんだ。できればすぐにでも妃として迎えたいのが本音だから」

「う……分かった」

困ったように言われ、了承の言葉を紡いだ。

ブランが譲歩してくれたのが十分過ぎるほど理解できたからだ。

感謝の気持ちを込め、お礼を言う。

「ありがとう」

「……やせ我慢しているだけだから、そんな顔をされると辛いんだけど。でもまあうん、しばらくは恋人期間を楽しむのもいいかな」

「うん」

受け入れてもらえたことにホッと息を吐くと、ブランが言った。

「まずはこの世界に慣れることを第一に考えるといいよ。でなければ、結婚を考える余裕もできないでしょう。知りたいことがあれば何でも聞いてくれたらいいし、皆にも言っておくから誰に頼ってくれても構わない。もちろん、私を一番に頼ってほしいけどね」

言いながら、ブランは己の席に戻った。

気持ちを落ち着かせるように、ティーカップを持ち上げる。

一口紅茶を飲み、ふっと息を吐いた。

その様子を見ながら、私は改めて彼にお礼を言った。

「ありがとう。それならその……早速頼らせてもらっても構わない？　できれば、私にもできる仕事を斡旋《あっせん》してもらえると嬉しいかな。バイトもしたことがない身で何ができるのかは分からないけど、紹介してもらえれば一生懸命やるわ。ブランに恥は掻《か》かせない」

「仕事⁉」

生きるためには仕事が必要だ。

私としては当たり前のことを言ったに過ぎなかったのだけれど、何故かブランは素っ頓狂な声を上げた。目をパチクリさせ、信じられないことを聞いた、みたいな顔をしている。

「ブラン？」

「リン……君、仕事をするつもりなの⁉」

「う、うん。その……何かまずかった？」

愕然とするブランを見て、じわじわと不安が押し寄せてきた。

「君、自分が私の異世界のつがいだという自覚はある？」

「へ？」

「私の結婚相手は君だと皆が認識しているんだよ。その君を働かせるとかあり得ないんだけど」

「えっ……でも、日本には『働かざる者食うべからず』という諺《ことわざ》があってね。何もしないのは心情的にも納得できないというか……」

「気にしなくて良いよ」

「うう……そう言われても」

ブランは厳しい顔をしていたが、やがて何か思いついたように私を見た。

「分かった。じゃあ、こうしよう。どうしても仕事がしたいと言うのなら、私の世話係を頼めるかな」

「世話係？　私、この世界の常識なんて何も知らないのに、世話係なんて無理だと思うけど」

スコーンを割りながら真面目に答えた。

「できれば……もっと初心者向けの誰にでもできる仕事を割り振ってもらえると有り難いんだけど。その、皆でする単純作業とか」

「ごめん。それは難しい。さっきも言った通り、君が私の異世界のつがいだと、皆はもう知っているから。そんな君が自分たちの職場にやってきたら？　君が女官だとしたら、どう思う？」

「……すごく気を遣うし、やりづらい」

ブランの言いたいことを理解し、がっくりと肩を落とした。

例えるのなら、新人バイトが社長の婚約者だった……みたいな感じだろうか。

そんな扱いに困るバイト、使いたくない……というか、誰だって関わりたくない。下手をすれば首になる案件だ。

自分の婚約者は自分で面倒見てくれと間違いなく思うだろう。

「……ごめんなさい。考えなしの発言だったわ」

私のせいで周囲に迷惑が掛かるのは駄目だ。

「分かってくれたのなら良いよ。じゃ、私の世話係ということでいい？　それなら皆も納得してくれると思うから」

「良いです」

むしろそれしかないということがよく分かったので頷く。仕事を紹介してもらえただけ有り難いと思おう。

「仕事は明日から。皆には私から話しておくよ」

「よろしくお願いします。……えっと、じゃあ、同僚になる人を紹介してもらってもいい？　明日からお世話になりますって挨拶もしたいところだし」

印象を少しでもよくするためにも、事前に顔出しをしておくのは大切だ。

だがブランは「要らないよ」と軽く告げた。

「気を遣《つか》ってくれたのは嬉しいけど、私の世話係は、君以外にいないよ」

「え、王子様なのに？」

てっきり大勢のお世話係に囲まれて暮らしているものだと思っていただけに驚いたが、ブランはあっさりと否定した。

「必要な時は使うけど、基本、専属の世話係は置いてないんだ。リンも私が人嫌いだって知っているでしょう？」

「あー……うん、それは知ってるけど」

言われるまでもない。頷くとブランは心底嫌そうに言った。

「必要以上に近づいてほしくないし、触れられたくないいんだよね。気分が悪くなるから」

「……そんなに嫌なのに、私を世話係に任命していいの？」

私に仕事を与えるために、無理にというのなら申し訳ない。

そう思ったのだが、ブランは当たり前のように言った。

「何を言ってるの？　君は世話係以前に私の恋人で、将来の妃だよ。私は君を愛しているし、信頼している。私はね、君になら寝首を掻かれようと全然構わないんだ」

ふわりと穏やかに微笑まれ、カッと頬が熱くなった。

それを誤魔化すように叫ぶ。

「ね、寝首なんて掻かないわよ！」

「うん、知ってる」

「わ、私、世話係なんてうまくできる自信、ないから！」

「いいよ。君が側にいてくれるだけで嬉しいし、君が知りたいって言うのなら、分からないことは私が全部教えてあげるから」

「……ううう」

全てを笑顔で返され、ますます顔が赤くなった。

呻く私にブランが言う。

「そういうことで、明日から宜《よろ》しくね。ふふっ……リンが私の世話をしてくれるの、楽しみだなあ」

「……期待しないで」

心からの笑みを浮かべられれば、そう返すしかない。

とにもかくにもこうして、私の就職先は無事決まったのだった。

◇◇◇

次の日、私は朝からブランの部屋へと向かった。

昨夜、女官が部屋を訪ねてきて女官服を置いて行ってくれたので、それを着用している。

クラシカルな女官服は裾が長く、城で採用されているものだけあり、とても上品なデザインだった。

制服を着ると、仕事をするのだという気持ちになれる。

働くのは初めてだが、せっかく仕事を用意してくれたブランのためにも頑張ろう。そう決めて、昨夜女官から教えてもらった部屋を時間通りに訪ねた。

部屋の前にはふたりの兵士が立っている。

王子であるブランの部屋を守っているのだろう。ドキドキしつつ歩いていくと、彼らはすぐに私に気づき、道を譲ってくれた。

「え……？」

「ブラン殿下から窺っております。殿下の異世界のつがい、リン様ですよね？」

「は、はい」

「どうぞ」

「あ、ありがとう」

どうやらブランは事前に話を通してくれていたらしい。揉《も》めたりすることがなかったのは良かったが、やはり彼らの私に対する認識はブランの『異世界のつがい』なんだなと改めて理解した。

「……おはよう、ブラン。その、凛だけど」

扉をノックし、声を掛ける。しばらくして、鍵が外れる音がした。扉が開く。

「おはよう、リン。早速来てくれたんだね……って、え、女官服？」

扉を開けた体勢のまま、ブランが私を凝視する。

その顔には意外だと書いてあった。

「え？　この服、ブランが手配してくれたんじゃないの？」

「いや、私は明日からリンに世話係をお願いすると女官長に連絡しただけだけど……」

「うん。女官が持ってきてくれたの。私としては仕事服を貸してもらえるのは有り難かったんだけど……もしかしてまずかった？」

私が着ては駄目だったたか。

私としては仕事気分になれて楽しかったのだけれど。

残念な気持ちになっていると、それに気づいたのかブランが焦ったように言った。

「だ、駄目じゃないよ。リンはどんな服も似合うから。まさか女官服を着て現れるとは予想していなくて、少し驚いただけ」

「駄目でないのなら良かった」

「でも、仕事以外では着替えてよね。確かにリンには私の世話係をお願いしたけど、恋人としての時間まで奪われるつもりはないんだ。ま、立ち話もなんだし、まずは部屋に入ってよ」

「……お邪魔します」

手招きされ、室内へと足を踏み入れる。

「わ……」

目の前に広がる光景に絶句する。

私に与えられた部屋も大概だと思っていたが、ブランの部屋はそれに輪を掛けて凄《すご》かった。

天井や壁はキラキラと輝いているし、家具類も素人目に見ても分かるほど高価なものが置かれている。まさに全てが芸術品。

ソファひとつとっても、職人の意匠《いしょう》が凝らされていて、ため息が出るほど美しい。

部屋自体は、落ち着きのある色合いで纏《まと》められていたが、まさに王子様の部屋！　と言わんばかりの内装には驚いた。

——こ、これ、私の部屋はまだマシな方だったんだ……。

嘘みたいな話である。

周囲を見回す。多分、ここが主室。隣の部屋が寝室なのだろう。扉が閉まっているので中がどうなっているのか分からないが、おそらくそうなのだと思う。

部屋は私よりひと回り以上広く、ベランダがある大きな窓の側には執務机があった。

「ここで仕事をしているの？」

尋ねるとすぐに答えが返ってきた。

「いや、別に執務室があるから基本的にはそっちでしているよ。たまに仕事を持ち帰ることがあって、そういう時に使ってる」

「そうなんだ……」

王太子というだけあり、やはり色々と忙しそうだ。

せっかく世話係の仕事を任じられたのだ。異世界の政治のことなんて分からないが、日常生活の助けくらいにはなりたいと思う。

私はよしと気合いを入れ、ブランに向かった。

「で、私は何をすれば良いわけ？」

ブランは悩むように腕を組み、やがてひとつ頷いた。

「そうだね。じゃあまずは、着替えを手伝ってもらおうかな」

「着替え？」

「うん。今着ているのは部屋着だから」

「……へえ」

ブランの格好を改めて見る。白い長袖シャツに四つボタンのベストという服装だ。ベストは深い赤色に金ボタンという色合いで、とてもお洒落《しゃれ》である。

「えっと、その格好ってまずいの？」

「そうだね。少なくとも外を歩くには適していないかな。この世界では皆、それぞれ己の階級にあった格好するのが当然だから」

「へえ。たとえば？」

それは聞いておきたい。

この世界の常識を何も知らないので、得られる知識は得ておきたいのだ。

特にこの世界にこれからも住むのなら、できるだけ『常識』と呼ばれるものは早めに身につけてしまいたかった。

真剣な顔をして話を聞く体勢になった私を見て、ブランが苦笑する。

「そんなに身構えなくても」

「いや、これ重要な話だと思うから」

「まあ、知りたいっていうのなら教えるけど。……ええとね、私みたいな王族の場合は、膝裏まで長さのある上着と、決められた形に結んだクラヴァットが最低限求められるマナーかな。あ、上着だけど、裏地に王家の紋が金糸で刺繍されていることが条件。もちろん、上着自体も贅《ぜい》をこらしたものであることが求められるよ。なんの飾りもない上着を着ていた日には、目を剥《む》いて驚かれるのは間違いないね」

「へえ……」

「着てはいけないってことはないんだけど、人前に王子として出るのならそういう格好をするべきと考えられている」

「……なるほど、身分に応じたドレスコードがあるのね。貴族も？」

考え方は理解できるし、一目でその人の階級が分かるのは、有り難い限りである。

「うん。見れば分かるけど、微妙に上着の長さが違うはずだよ。あとね、クラヴァットの結び方も違う。分かりやすく言うと、複雑な結び方をしているほど、身分が高い」

「ああ、うん。ブランのクラヴァットは、すごく複雑な結び方だったたわ……」

昨日のブランの格好を思い出す。確かに彼のクラヴァットの結び方は目を引いた。何重にも作られた襞《ひだ》は美しく、一種の芸術のようだった。

昨日の彼のクラヴァットの形を思い出し、感嘆の息を吐いていると、ブランがさらりと言った。

「うん、それを君にやってもらおうと思うんだけど」

「えっ!?　あれを私に？」

「リンは私の世話係でしょう？　クラヴァットの結び方くらい覚えてくれなくちゃ困るよ」

「……うっ、そ、それは、そうね」

「大丈夫。覚えるまで教え込むから」

「あ、ありがとう」

教え込むという言葉が少し怖いが、教えてもらえるのは有り難いし、これが仕事だというのなら覚えることに否《いな》やはない。

気合いを入れていると、ブランは寝室の方に目を向け、言った。

「じゃ、早速やってみようか。執務は休みにしているから、時間は気にしてくれなくていいよ」

「え、休み？　良かったの？」

さすがにそれはと思い、ブランを見るも、彼は気にした様子もなく笑っている。

「もちろん。言うなれば今の君は研修生のようなものなんだ。研修生に仕事を教える時間は必要だと思わない？」

「そ、それは確かにあると有り難いけど……」

特に私は異世界出身なので、いちから全てを教えてもらう必要がある。

仕事を覚えるのにどれくらい掛かるかも分からないから、時間を気にしなくて良いというのは正直助かるのだ。

「……ありがとう」

ここは遠慮するところではなく、素直に礼を言うところだと察した私は頭を下げた。

ブランも優しい笑顔で応じてくれる。

「どういたしまして。じゃ、まずは着替えを取ってきてくれる？　寝室にクローゼットがあるから、リンの好みの上着を持ってきてくれると嬉しい」

「寝室に入って良いの？」

プライベート空間に行けというブランにギョッとしたが、彼は平然と頷いた。

「もちろん。……リン、世話係が服を取りにいけないでどうするの。出入りできるに決まっているでしょう？」

「そ、そう……そうだよね！　わ、分かった。行ってきます！」

「はい。行ってらっしゃい」

軽く告げられ、寝室の扉を開ける。

仕事だと分かっていても、なんとなくドキドキした。

何せブランは、私の恋人なのだ。恋人の寝室に入ることを緊張しない女はいないと思う。

——うう……。仕事。これは仕事なんだから。

自分に言い聞かせ、何度も深呼吸をし、部屋の中へと入った。

寝室は主室ほどピカピカしていなかったが、綺麗にメイキングされたキングサイズのベッドがあり、ドキッとした。

一瞬、いつもブランはここで寝ているのかな、なんて考えてしまい、慌てて煩悩を振り払う。

——違う！　私は世話係としての仕事をしに来たの！

恋人ではなく主人。そこを上手く切り替えなくては。

必死に平常心を保ちながら、ブランが言っていたクローゼットを見つける。中を覗《のぞ》くと煌びやか、かつ色鮮やかな上着がたくさん吊り下げられていた。

どれも豪奢で、一瞬手に取るのを躊躇《ためら》ったが、それでは仕事にならないと思い直した。

――ああもう、これでいいや！

全部見ていく心の余裕はなかったので、最初に目がいった白を基調とした上着に決める。

白なら大抵の色には合うだろうし、襟には金糸で縫い取りがされていて、綺麗だなと思ったのだ。

白に金という取り合わせ。金髪で、優しい雰囲気を持つブランにはよく似合うだろう。

「お、お待たせ……」

必要以上に疲弊しつつも何とか与えられたミッションをこなし、ブランの待つ主室へと戻る。彼は私が手にした上着を見て、にこりと笑った。

「へえ。リンは白が好きなの？」

「私が好きというか……ブランに似合いそうだなと思っただけ」

「私に似合うと思って選んでくれたの？　それは嬉しいな」

ブランは上着を受け取り、代わりに「はい」とクラヴァットを私に差し出して来た。

「じゃ、さっきも言った通り、クラヴァットを結んでもらうから。私の言うとおりにやって。大丈夫、君ならすぐに覚えると思うよ」

「う、うん……」

クラヴァットを受け取り、怖々頷く。

早速始まった世話係の仕事。

初めてのことで戸惑いしかないが、こうしてブランがひとつひとつ教えてくれるのなら何とかなるのかもしれない。

そんな風に思えた――。

◇◇◇

――時もあった！


「……うう、全然できない」

「……リン、意外に不器用？」

「うう、うるさい！」

あれからブランに教えてもらいながら、私は悪戦苦闘しつつも、クラヴァットを結んだ。

だが、なんということだろう。私にクラヴァットを結ぶ才能は全く無かった。

いくら教えてもらっても襞《ひだ》がこう……右側に寄るのだ。

「……なんで？」

ぴょんとだらしなく右に寄った襞を見て、情けなく眉が下がる。

おかしい。かれこれ一時間は格闘しているというのに、一向に上達の余地が見られないとか、普通にあり得ないと思うのだ。

「……も、もう一回……」

悔しい。

声を震わせながらもブランにアンコールを要求する。

私はこう見えても、学校ではかなりの優等生だったのだ。文武両道。何をやらせても優秀で、成績だって常に学年トップの座を守り続けてきた。

その私が、クラヴァットのひとつも結べない、なんて……。

「ど、どうして?」

結び方はすぐに覚えた。複雑ではあるが、順序さえ間違えなければ、問題ないと思った。

だが、見るとやるとでは大違いだ。

自信満々にクラヴァットを巻き始めた私は、すぐにそれを痛感することとなった。

何も間違っていないはずなのに、どうしたって覚えている通りの形にならない。これは一体どういうことなのか。

「うぐぐぐぐ……」

「リン、リン……。私が悪かった。もうクラヴァットは良いから」

「何が良いのよ！　私、絶対に諦めないから！」

　ぐわっと目を見開く。

　覚えるまで教え込むと言っていたはずのブランに「もう良い」と言われ、それなり以上に高かった私のプライドはズタズタだ。

　ぐぬぬと唸《うな》りながらも、再度ブランの首にクラヴァットを巻いていく。順序通りに形を作り、襞を整え……とそこまで来たところで、クラヴァットはまたもやくねっと右側に曲がった。

「きえええええええええ‼」

「リン、リン！　落ち着いて！　人には向いていることと向いていないことがあるんだよ。リンには向いていなかった。それだけだから！　もう諦めよう！」

「はあ⁉　できるまで教え込むと言ったのはブランでしょ！　責任取って！」

「言ったけど、確かに言ったけど、これ、無理だよ！　最早《もはや》一種の才能なんじゃないかって思うくらい曲がるんだもの」

「このクラヴァット、性格がひん曲がってるんじゃないの⁉」

「勝手にクラヴァットに性格付けしないでくれる⁉」

　上手く行かない苛々からか、どんどんヒートアップしていく。最早意地だ。

　奇声を上げながらもクラヴァットと格闘する私と、すっかり疲れた様子で参ったとでもいうように両手を挙げるブラン。

ちょっとよく分からない図ができあがっていた。

「……どうして……どうしてできないの」

「……クラヴァットを巻くのにも才能が要ったんだね。知らなかったよ」

それから更に一時間。

そこには敗北を認めて項垂《うなだ》れる私と、引《ひ》き攣《つ》った笑みを浮かべるブランが結局着替えることもなく、立ち尽くしていた。

◇◇◇

「クラヴァットは上手く行かなかった。でも、他のことなら大丈夫なはず。ブラン、私はやるわ。次の仕事は何かしら！」

カッと目を見開きブランに詰め寄る。

結局、クラヴァットを綺麗に巻くことができなかった私は、なんとか汚名返上の機会を得ようと必死だった。

私はできる子のはずなのだ。さっきのは何かの間違いで、クラヴァット以外ならいつも通り平均以上の成果をたたき出せるに決まっている。

鬼の形相でブランに詰め寄ると、彼は私からそっと目を逸らしながら口を開いた。

「そ、その前に昼食にしない？　ほら、すっかりお昼の時間になっているし」

「……本当だわ」

確かに時計を見れば、お昼時。

クラヴァットひとつに何時間格闘していたのか、本当に嫌になるし、ブランが仕事を休みにしてくれていて助かったと思った。

私がトロいせいで仕事に行けなかった……なんてさすがに申し訳がなさ過ぎるし、いくら研修生とはいえ、首にされても仕方のないレベルである。

「お腹《なか》が空いているから、君もなかなか苛々が収まらないんだよ。美味しいご飯を食べれば、気持ちも回復すると思うな」

項垂れる私を宥めるようにブランが告げる。

彼の顔からは、頼むから「うん」と言ってくれというオーラが漂ってきて、それを見た私は確かに大分ヒートアップしてしまったと反省した。

「そうね。確かにお腹も空いたし昼食にするのはいいと思うわ。ええと、私はどうすれば良いの？　厨房《ちゅうぼう》に行けば食べさせてもらえるとか？」

「確かに君は私の世話係だけど、それ以前に恋人でしょう。君は恋人を放って、ひとりで食事をしに行くわけ？　それはあまりにも酷い扱いだと思うんだけど」

恋人という響きにどこか甘いものを感じ、赤くなった。

「べ、別にあなたを放っておこうとかそういう話じゃないわ。私も一緒にいたいし。ただ、この服で一緒に昼食を取るのは、さすがに抵抗あるのよ」

女官服を着て、王子と同じテーブルにつくのはどうなのか。それだけの話なのだけれど、理由を聞いたブランは「それじゃあ」と言った。

「着替えれば万事解決ってわけだね」

「昼食のためだけに着替えるの？」

「駄目？　君と一緒に食事をしたいから、できればお願いしたいんだけど」

「う」

じーっと上目遣いで見られ、動揺した。

彼に見つめられながら懇願されることに、私は酷く弱いのだ。

何せ、ブランの目は雄弁にものを語るから。

彼の目には私に対する愛情が溢《あふ》れており、それを直視してしまうと、どうしたって拒否できない。

「わ、分かった。それもお世話係への指示ということで受けるわ。ちょっと待っていてくれる？　部屋に戻って着替えてくるから」

照れを隠すように手を上げると、ブランは「やった」と嬉しそうな顔をした。

「それなら私の部屋で食事を取ろうよ。君がここに戻ってくるまでに用意させておくから。あ、食べられないものとかある？」

「特には。敢えて言うのなら、辛すぎるものは駄目だけど、それ以外は大丈夫だと思う」

「辛いものね。分かった。避けるよう言っておくよ」

「ありがとう。じゃあ、行ってくるわ」

お礼を言ってから、部屋を出る。

結局、午前中はクラヴァットと格闘するだけで終わってしまったと思いつつ、自室に戻った私は、昨日着たのとは別のドレスを手に取った。

「……これ、大丈夫よね？」

午前中、ブランから服装の規定について聞いたからこそ、女性はどうなのかと急に気になった。

いや、この服を用意してくれたのはブランなのだから、どれを選んでもきっと大丈夫なはずだと思い直す。それに悩んでいる時間はないし。

ブランが部屋で待っているのだ。できるだけ急いで戻らなければ。

「……宜しいでしょうか」

着替えを済ませたタイミングで、部屋の扉がノックされた。

女性の声だ。返事をすると、入ってきたのは、昨夜、女官服を届けてくれた女官だった。

私よりおそらく二十才くらい年上。中肉中背で、髪の毛は綺麗に結い上げている。

私が借りたものとは少し違うデザインの女官服を着ていた。

彼女はキリッとした表情で私の側へやってくると、すっと頭を下げた。

「あ、あの？」

「殿下のご命令で参りました。もしかしたら、服装で困っているかもしれないと。お手伝い致します」

「えっ……」

「そちらのドレスをお召しになるのでしたら、アクセサリーを付けた方が宜しいかと。あなた様は殿下の異世界のつがい。それなりに着飾っていただかないと、殿下の顔に泥を塗ることになります。ああ、御髪《おぐし》も結った方が良いですね。少しお化粧もいたしましょう」

「え、え、え？」

「お座り下さい」

状況が掴めないまま、あれよあれよという間に、化粧台の前に座らされ、化粧を施された。

日本とは違う化粧品の数々に驚き、女官の手際よさに圧倒されているうちに準備が終わる。

「さあ、これで宜しいでしょう。どうぞお部屋にお戻りくださいませ」

「は、はい。えと、あの……ありがとうございます」

深々と頭を下げられ、こちらもつられて頭を下げた。

時間にして三十分弱の出来事だったが、正直とても助かった。

女官は化粧を施しながら、化粧品の選び方や服装をどうすれば良いのかなど、私が聞きたかったことを、聞くまでもなく教えてくれたから。

「助かりました」

心からお礼を言うと、頭を上げた女官はにこりと笑った。

「礼は結構です。女官として当たり前のことをしただけですから。リン様には、異世界から来られたばかりでご不安なことも多いでしょう。何かございましたら、いつでもお声がけ下さい」

「……はい。頼らせてもらいます。その、お名前を伺っても？」

昨日今日と世話をしてくれた女官の名前を知りたくて聞くと、彼女はきりっとした顔で告げた。

「リン様、いけません。どうか敬語はお止め下さいますように。殿下の異世界のつがいに敬語を使われては困るのです。あと、私のことはメイリンと。僭越《せんえつ》ながら、女官長を務めさせて頂いております」

「あなたが女官長だったの……」

彼女がまさかの女官長その人だったと知り、目を丸くする。

女官長――メイリンは近くにある時計を見て、私に言った。

「さあ、殿下のお部屋にお戻り下さい。そろそろ食事の用意が整った頃かと思いますので」

「え、ええ」

追い立てられるようにして部屋を出る。メイリンからは『王子を待たせるな』というオーラがビンビンと出ていて、怖いとまでは思わなかったけれど、ちょっと逆らいがたかった。

「お、お待たせ……わあ……」

ブランの部屋に戻ると、メイリンが言った通り、食事の用意ができていた。

主室に大きなテーブルが持ち込まれ、そこに様々な料理が並んでいる。

メイン料理はお肉。あとは具沢山のスープ。焼きたてのパンにサラダと、どれもとても美味しそうだ。

分かりやすく目を輝かせた私の側にブランがやってきた。

「喜んでもらえたようで何よりだよ」

「美味しそう！　メインのお肉は？　牛、なのかしら」

「ええと、今日はチキンステーキだと聞いているよ」

「チキン！　私、大好き！」

パンッと手を打つ。厳密に言うときっと異世界のチキンと私の世界のチキンは違うのだろうが、似た感じであることは昨日の経験で分かっている。

それなり以上の味が期待できると知っているので、自然と顔も綻んでしまった。

「さ、食べようか。皆、下がっていい」

「かしこまりました。ご用がありましたらお申し付け下さい」

頭を下げ、女官たちが下がっていく。

ブランとの食事は楽しく、私は終始ご機嫌だった。

チキンステーキは少し想像とは違ったけれど、美味しいと言える味だったし、慣れればこれがチキンステーキと認識できるだろう。

具沢山のスープには、私が知らない野菜もあったが、そのどれも美味しく、満足感があった。

昨日今日の二日で、すっかり食に対する不安はなくなった。そんな風に思う。

会話の途中に食事のマナーについても聞いてみたが、幸いにも私の知るテーブルマナーと違いはほとんどなく、そのことにも安堵《あんど》した。

「良かった。不快にさせなければいいというのはその通りだとしても、きちんとできた方が印象が良いのは確かだものね」

食後の紅茶を飲みながら告げると、ブランも同意の言葉をくれた。

「そうだね。でも、君は食べ方も綺麗だし、特に問題はなさそうだ」

「その辺りは祖父母に躾《しつ》けられたから」

幼い頃より、テーブルマナーは厳しく教え込まれたのだ。高級料亭や五つ星ホテルに行くこともあったので、披露する機会は多かった。

でも。

「――このままでは役立たずだわ」

「リン？」

「さっきのこと。クラヴァットひとつまともに結ぶこともできないなんて、使用人として役立たずじゃない。正直、自分がここまでできないと思っていなかったからショックなの」

クラヴァット事件が尾を引いていた。重い溜息《ためいき》を吐くと、ブランが慌てたように言う。

「えっと、その、お世話係には他にも色々仕事があるから！　ね！　その、別の仕事を頑張れば良いんじゃないかな」

「……他って？」

つい、恨みがましい目でブランを見てしまう。

彼は苦笑しながらも、口を開いた。

「そうだね。あ、そうだ。お風呂の介助とか！」

「へ、お風呂⁉」

突然彼の口から飛び出した『風呂』という言葉に目を瞬かせる。衝撃過ぎて、凹《へこ》んでいた気持ちもどこかに飛んでいってしまった。

「お、お風呂って、あのお風呂⁉」

「あの、がどれを指すのかは分からないけど、お風呂はお風呂だよ。ええとね、君の世界ではなかったのかな。こちらでは基本的に貴人が入浴する際は、使用人が世話をするんだよ。髪や身体を洗ったり、マッサージをしたり」

「あ、ああ……なるほど」

そういう文化があることは歴史を勉強していたので、驚きはしても受け入れることができた。

昔（今もかは分からない）王侯貴族は、入浴の際にも大勢の使用人を連れていったのだ。

ブランが言っているのはそれと同じなのだろう。

「そういう文化があることは知っているわ。その……ブランは王子様だものね。わ、分かった。それもお世話係の仕事だっていうのなら頑張る」

むしろ世話係がやらなくて、誰がやるのだという話だ。

入浴の手伝いなんて恥ずかしい以外の何ものでもないが、仕事として確立されていると知っているだけに断るというのは駄目だろう。

すでにクラヴァットで失敗しているというのも私の決意の後押しとなった。

――これは恥ずかしいことではないの。世話係としての当然の仕事……。

自分に言い聞かせ、深呼吸をする。

何とか気持ちを落ち着かせた私は、ブランに聞いた。

「ええと、いつもは何人くらいでお世話しているの？　とりあえず今日は見学とかで良いのかな」

先輩の仕事を見せてもらってから、実践する。

そういうものだと思ったし、プロフェッショナルの仕事を見れば、恥ずかしいなんて感情は吹き飛ぶだろう。そう思ったのだけれど、ブランは首を傾げて言った。

「え、君だけだけど」

「え？」

「だから私は、人が嫌いなんだってば。一番無防備になる入浴の手伝いなんて他人に任せるはずがないでしょう？」

「へ？」

「だから君だけ。……ふふっ、今まで風呂の介助なんてやってほしいとも思わなかったけど、相手がリンなら、楽しみだって思えるなあ」

どこかウキウキとしているブランを凝視する。

今、彼は何を言ったのか。私の聞き間違いでなければ、私がひとりで彼の風呂の介助をするという話だったように思うのだけれど。

「え、え、え？」

「よし、善は急げだ。食事も終わったことだし、お風呂に入ってみようか！　大丈夫。私も初めての体験だしね。君が失敗しても気づかないよ。だからリンの好きなようにやってくれると嬉しい。――メイリン！　メイリン！」

愕然としている私を余所に、ブランがメイリンを呼び出す。

すぐにやってきたメイリンに、ブランはこれから入浴することと、私が彼の介助をする旨を伝えた。

メイリンが私の方を向く。

「リン様がブラン殿下の介助を……？」

「えっ、あっ、あの……」

未《いま》だ、ひとりでお風呂の世話という現実に追いつけていない私がアワアワとしていると、メイリンは感動したように目を潤ませた。

私の両手を握り、声を弾ませる。

「ありがとうございます、ありがとうございます、リン様。是非ともにお願い致します！」

「えっ」

「この方は王族だというのに、今までずっと頑《かたく》なに入浴の手伝いを拒まれてこられて……リン様にはお手を煩わせてしまいますが、お願いできるのなら是非！」

彼女の口調からは、王族が風呂に一人で入るなどあり得ないという気持ちがヒシヒシと伝わってきた。

「今まで誰の手も借りないと仰っていた殿下がようやく……。ええ、ええ……この機を逃すわけには参りません」

そう言いながら彼女が私を見る。

よもや断るなんて言うまいな？　という目で見つめられた私は、頷くしかなかった。

「……が、頑張るわ」

「ありがとうございます！　では、早速入浴の用意を……！」

ぱあああっと顔を明るくしたメイリンが、食堂を飛び出して行く。そうして十五分ほど経った頃、笑顔で戻ってきた。

「準備が整いました。殿下のお世話を是非！　よろしくお願いいたしますね！」

「あっ、はい……」

――もう!?

念を押されるように再度よろしくと言われた私には、頷くより他の道は残されていなかった。

メイリン。実に圧の強い女である。

◇◇◇

まさかのメイリンによって逃げ道を完全に封じられた私は、羞恥に泣きそうになりながらもブランの部屋にある浴室の前で覚悟を決めた。

なんのことはない。ただ、お風呂の手伝いをするだけ。

たとえそれがまだ肉体的接触のほとんどない恋人であろうと、仕事と割り切り、淡々と職務をこなせば良いだけなのだ。

「……思えるかな」

無理じゃない？　という気持ちが湧き出てくるが、グッと堪える。

汚名返上できる絶好の機会。

これを失うわけにはいかないし、お願いしますと私に言ってきたメイリンの表情に嘘はないと分かっていたからだ。

——大丈夫。心を落ち着かせればなんとか……。

「リン？　入らないの？」

「ちょ、ちょっと待って！」

いつまでも動かない私に痺れを切らせたブランが声を掛けてくる。

私は、急いで彼に言った。

「わ、私がいいって言ったら入ってきて。その、私の方にも準備があるから」

「うん、分かったよ」

上機嫌に頷いてくれたブランに断り、先に浴室へと足を踏み入れる。

まずは着替えだ。

先ほどメイリンに風呂を介助する時用の服を渡されたので、それに着替えるつもりだった。

「こ、こういうのがあるのは正直助かるかな……」

裸で……とか言われたら、さすがに無理としか言いようがない。

私たちにはまだ早い。そう、まだ早いのだ。

メイリンが渡してくれたのは飾り気のないワンピースだった。

色はグレー。裾は膝までで、袖もない。スカートも広がりはなく、まさに介助用といった感じだった。

着替えを済ませてから、浴室へ入る。

さすがに王子が使うだけあり、広さはかなりのものだった。私の部屋にあるものより大きい。

「へえ……」

シャンプーやボディーソープらしきものも見つけ、ひとつひとつ確認する。

文字が読めるのは本当に有り難いなと改めて思った。

準備が整ったので、一度呼吸を整えてからブランを呼ぶ。

今から私がするのは仕事だと言い聞かせた。

「……ブラン、良いわよ。入ってきて」

「……えっと、お邪魔します」

声を掛けてしばらくして、ブランが入ってきた。

入って来た彼を見て、一瞬、時が止まる。

「ぎゃあ！」

一拍置いて叫んだ。

何事かと思った。

だってブランは全裸だったのだ。しかも！　下半身すら隠してもいない全裸！

私にはないぶらぶらしたものを目にしてしまい、激しく動揺した。

「ブラン！　どうして裸なの‼」

顔を真っ赤にして、必死に目を逸らす私に、ブランが困惑した顔で言う。

「どうしてって……入浴する時に裸なのは当たり前じゃない？」

「前！　前を隠してって言ってるの‼」

「……必要ある？」

「ありまくりよ‼」

本気で分からない様子のブランには申し訳なかったが、私も必死だった。

偶然目にしてしまった彼のモノが脳裏に焼き付いている。

少し立ち上がりかけた大きなアレは想像していたよりずっとグロテスク且つ肉感があって……じゃない！

「とにかく隠して！　でないと介助なんてできないから！」

「えー……。リンが洗ってくれるんじゃないの？」

「洗う⁉」

「そういうものでしょ？」

ブランの口振りからしても、私を揶揄《からか》っているようには思えないから、多分、王侯貴族には前を隠すという感覚はないのだ。

堂々と全裸を晒《さら》し、世話係に全てを任せる。

非常に鷹揚《おうよう》で確かに偉い人っぽい感じはあるが、とてもではないが異世界生活二日目の私には耐えられない。

「無理‼」

「えー……全身、リンに洗ってもらおうと思ったのに。駄目？」

「駄目に決まってるでしょ！　わ、私の世界では、そんなサービスはやってないの！　こ、ここは私の方に合わせてよ！」

混乱しすぎて何を言っているのか自分でも分からなくなってきた。

サービスってなんだ。

顔を真っ赤にしつつも必死に告げる。ブランは文句を言いつつも、腰にタオルを巻いてくれた。

「リンは大袈裟だなあ。……えっと、じゃあこれでいい？　別に恥ずかしがる必要ないと思うけど」

「いや、恥ずかしいでしょ。ええ？　こっちの王侯貴族って皆そうなの？　素っ裸で相手に世話をさせるの？　う、うちの世界じゃそういうのセクハラって言うんだけど」

「セクハラって……。同性同士なら隠さないでしょ。世話をするのが異性でも……うーん、それはその人次第かなあ。私はリンだし、良いかなと思ったんだけど」

「何が良いの⁉」

私だしというのはどういう意味だ。

目をガッと見開きながら言い返すと、ブランは当然のように言った。

「え、だってリンは私の恋人じゃないか。だからまあ良いかなって。どうせそのうち、見せることになるんだし」

「えっ……」

「え、見るでしょ？」

「へっ」

「だって恋人だよ？　さすがにプラトニックのままというのは私も嫌なんだけど」

「……っ」

「今は仕方ないと思ってる。こっちに来たばかりで気持ちも落ち着いてないだろうし。でも、いずれはそういうことも考えてほしいかな」

「〜〜！」

ブランの言う『恋人』の意味を正確に理解し、熱が更に顔に集まっていく。

彼は私を抱きたいと、そう言っているのだ。

確かに私とブランは恋人という関係にあり、しかも求婚されている間柄だ。そうなっても全くおかしくないのだけれど、今、彼に言われるまで、その考えが見事にスコンと抜けていた。

——わ、私、ブランに抱かれるの⁉　本当に⁉

嫌とかではないが、もしそんなことになれば恥ずかしくて死んでしまいそうだ。

一瞬、リアルに想像してしまい、羞恥で倒れるかと思った。

妄想を振り払うように言う。

「い、椅子。椅子に座って！　まずは頭を洗うから！」

「……」

椅子を指し示すも、ブランはじーっと私を見つめてくるだけで動こうとしない。

話を逸らそうとしているのはお見通しのようだ。

「リン」

逃げることを許さないというように名前を呼ばれ、私は顔を真っ赤にして叫んだ。

「し、仕方ないじゃない！　恋人ができたことだって初めてなんだもの！　そんなこと言われて、さらりと返せるほど大人じゃないのよ！」

「大人じゃないって……そういう問題？」

「そうよ」

「嫌とか、そういう話ではないんだね？」

「……違うわ」

恥ずかしかったけど、そこは素直に答えた。

熱を持つ頬を両手で押さえる。ほう、と息を吐いた。

「ただ恥ずかしいだけよ。意識されてるのは嬉しいって思ってる。だからその……あまり直接的なことを言わないでほしいんだけど」

「……そう。分かった。嫌だと思われていないなら良いんだ」

「えっ……」

ブランを見る。彼は先ほど私の示した椅子に素直に腰掛けながら言った。

「リンがちゃんと私を男として見てくれているなら構わない。待てるよ」

「う、うん」

意外なほどあっさり頷かれ、こちらの方が拍子抜けした気持ちになってしまう。

ブランが振り返りながら言う。

「頭を洗ってくれるんだよね。お願いしてもいいかな?」

「い、いいわ」

「人に頭を洗ってもらうなんていつぶりかな。ちょっと楽しみかも」

「……誰かの頭を洗うなんて初めてだから、上手くなかったらごめんなさい」

話題を変えてくれたことに感謝しつつ、新たな話に乗る。

ブランに言った通り、人の頭を洗うなんて初めての体験だ。自信はないけど、なんとか上手く終わらせたい。

浴室内には浴槽と、私の部屋にはなかったシャワーのようなものがあった。ブランに確認する。

「これ、シャワーかしら」

「そうだよ。そこを捻《ひね》ると適温が出てくる」

「わ、本当だ」

言われた通りのところを捻ると、シャワーからお湯が出てきた。最初は水が出てくるだろうと思って身構えていたがそれはない。ちょうどいい温度だ。

「へえ……すぐにお湯になるのね。便利」

日本の家を思い出す。純和風、築五十年を超える家の設備は古く、シャワーの温度が上がるまで時間が掛かっていた。結構ストレスに感じていたので、すぐにお湯が出るのは嬉しい。

「……さ、触るわね」

慎重にブランの頭に触れる。

柔らかい感触にドキッとした。

私の髪質は硬いので、違いをヒシヒシと感じてしまう。

——うわ、恥ずかしい……。

ただ髪に触れただけなのに、もう恥ずかしくて堪らない。

多分、私の顔は真っ赤になっているだろう。

「うう……ううう……」

まずは予洗いをしようと、近くにあったブラシに手を伸ばす。身体を傾けた時に、偶然ブランの背中に触れてしまった。変な声が出る。

「ひゃっ⁉」

「リン？」

「な、な、な、何でもない！」

「なんでもないというような声ではなかったように思うけど？」

「本当に！　なんでもないの‼」

必死に誤魔化す。

ブランの温かな肌の感触に驚いたなんて、そんなこと本人に言えるはずもない。

――ああ、あああああああ‼

意外と身体が硬かったとか、肌がすべすべだったとか、思い出さなくてもいいことまで思い出してしまった。

――お、男の人、なんだ。

ドキドキする。

分かっていたつもりではあったが、改めて分からされた気がした。

少し触れただけでも私とは違う身体の造りをしているのだと理解してしまう。

「リン？」

「……ご、ごめん。今から洗うわ」

再度名前を呼ばれ、ハッとした。

動揺している場合ではない。今は自分に与えられた仕事をする時なのだ。

――わ、私が意識しすぎているだけ……冷静に、冷静に。

これはれっきとした仕事であり、不埒《ふらち》な行いとは違うのだ。

意識する方がおかしいし、実際、ブランも気にしていない。

大袈裟に反応しているのは私だけなのだ。

――うん、そう。だから、大丈夫。

自分に言い聞かせ、深呼吸をする。

気を取り直した私はまずはブラシを使って、丁寧に汚れを取った。シャワーを使い、慎重に髪を濡《ぬ》らす。予洗いが大切なのは知っているので、しっかりと洗った。

そのあとはシャンプーを泡立て、指の腹でマッサージするように洗っていく。

「かゆいところがあったら言ってね」

「分かった」

頭皮を傷つけないように気をつけながらも集中する。

しばらくすると、ブランが焦ったように言った。

「あ、あの……リン……？」

「何？　もしかして痛かった？」

何故かもじもじとしているブラン。どうしたのかと思っていると、彼は覚悟を決めたように言った。

「いや、力加減はちょうどいいよ……でも、そうではなくて」

「？」

手は止めずに、続きを待つ。頭を泡だらけにしたブランはボソリと言った。

「さっきから背中に君の胸が当たって、気になって仕方ないんだよ。その……もう少し離れてやってくれると嬉しい……かな」

「⁉」

ブランの言葉を聞き、慌てて下を見る。

確かにいつの間にか私は自分の身体を彼にぎゅっと押しつけて、シャンプーを行っていたようだ。

これは……うん、完全に胸が当たっている。

言われるまで全く気づいていなかった事実にギョッとしつつも、慌てて身体を離した。

「ご、ごめん！」

これではまるで痴女ではないか。

よく見ればブランの耳は真っ赤になっている。相当恥ずかしかったのだろう。

早く言ってくれればと思うも、なかなか口にできないのは分かるし、そもそも悪いのは私だ。

「……そ、その……わざとではないの」

「わ、分かってるよ。リンは一生懸命仕事をしてくれていただけだって。でも、私も男なんだ。さすがに好きな女性と密着して、平気ではいられない」

「そ、そうよ、ね。き、気をつけるわ」

「う、うん。そうしてくれると嬉しい」

互いに挙動不審になりつつも、シャンプーを再開させる。

さすがにその後は特にハプニングもなく、無事、私は彼の頭を洗い終えたのだった。

◇◇◇

「うう……初日からやらかしてしまったわ……」

すっかり疲れ果てた私は、よろよろとしながら浴室から出てきた。

なんとか着替えを済ませ、絨毯《じゅうたん》の上にへたり込む。

両手で顔を覆い「あああああ」と情けない声を上げた。

だって風呂の介助。思った以上に恥ずかしかった。

あの後、身体を洗ってほしいと強請《ねだ》られて、頑張ったのだけれど、それもそれで試練だったのだ。

ボディーソープを泡立て、男の人の広い背中を洗うのは酷く恥ずかしかったし、妙に彼を意識してしまった。

しなやかで綺麗な肌にはやっぱりドキドキしたし、意外と広い肩幅や女性とは違う厚い身体にだって気がついてしまう。

筋肉質な身体に触れていると、つい、彼に押し倒されたらどうなるんだろう、なんて考えてしまうし……うん、正直、仕事どころではなかった。

それでもなんとか背中を洗い終えたのだけれど、冗談めかした口調で「前も洗ってくれる？」と言われてしまえばすでに限界だった私が耐えられるはずもない。

「さすがにそれはひとりでやって！」と叫んで逃げて来たのが今。

もう私の羞恥心は限界である。

「……お風呂の介助……もうしたくない……」

ハプニングの続出で、息を吐く暇もなかった。

ブランの全裸は見てしまうし、自分から胸を押しつけてしまうし、しまいには前を洗ってくれ、なんて言われる始末。

こんな疲れる仕事は二度としたくない。

いや、雇われている側がわがままを言ってはいけないのだろうけれど、できれば今日だけにしてもらいたいものだ。

「お疲れ様」

ぐったりしていると、頭上からブランの声がした。見上げると、部屋着に着替えたブランがニコニコしながら私を見ている。

「ありがとう、楽しかったよ」

「それなら良かったけど……私はすごく疲れたわ」

本音を零《こぼ》すと、ブランは「みたいだね」と笑った。

「私としては是非またお願いしたいところだけど」

「う……私はできれば遠慮したい。かなり精神を削られるから」

「精神って。……うーん。そうだね。じゃあ次は、私たちがそういう仲になってからにしようか。それならきっと恥ずかしくないはずだから」

意味ありげに流し目を送られ、ドキッとする。

ブランの言っている意味は分かったが、私としては更に羞恥を煽《あお》られただけのようにしか思えなかった。

「ま、またそういうことを……」

「冗談ではないからね。さて、せっかくお風呂の手伝いをしてもらったのに悪いんだけど、今から少し散歩するよ」

「散歩？」

首を傾げつつ、立ち上がる。

「散歩するの？　それならそれが終わってからお風呂にすればよかったのに」

「お風呂はまあ……その場の思いつきだったから」

「思いつき⁉」

まさかの思いつき発言に目を見張った。

「いや、リンが一緒にお風呂に入ってくれたら嬉しいなって思って」

「そんな理由で⁉　じゃあ、お世話係がお風呂の世話をするっていうの、あれは嘘？」

「あ、それは嘘じゃないよ」

「……嘘じゃないんだ」

嘘だったらさすがに怒ろうかと思ったが、そうでないのなら怒れない。

仕方なく私は振り上げかけた拳を下ろし、ブランに向き直った。

「ま、まあ、分かったわ。で？　どこに行くの？」

「秘密。でもすぐに分かるよ」

どこか楽しそうな顔をするブラン。

彼が私をどこに案内したいのは分からないが、ブランの顔を見ていると、きっと悪い場所ではないのだろうと思える。

「いいわ。私はブランのお世話係だしね。ブランが行く場所にはついていかなくっちゃ」

冗談めかして告げると、ブランは声を上げて笑った。

「そうだね。確かにその通りだ。――ねえ、リン。これからもずっと私のお世話係をする気はない？　ずっと君が私の側にいてくれるなんて最高すぎて、辞めてもらいたくないんだけど」

「さすがにずっとは嫌かな」

与えてもらえた仕事だから頑張るつもりではあるし、投げ出すつもりもないけれど、根本的に自分に合った仕事だとは思えない。いずれは別の仕事もできるようになりたいという気持ちはあるので、安易には頷けなかった。

ブランもそれは分かっていたようで、すんなりと引き下がる。

「そうだよね。私もずっとは言いすぎたよ」

「うん」

物わかりのいい返事に嬉しくなっていると、ブランはあっさりと言い放った。

「だって私は君にお世話係ではなく妃として側にいてほしいんだもの。……ねえ、リン。やっぱり私は一刻も早く君と結婚したいんだけど、いつになったら頷いてくれる？」

「……昨日の今日で早すぎない？」

「えー、だって君を愛しているんだよ。愛していたら結婚したいって思うでしょ。だからそれを素直に口にしているだけなんだけど、君は違うの？」

「それは……」

違う、とは言えない。

確かにブランの言うことは一理あると思ったし、基本的に彼の意見には賛成だからだ。

つまり私も彼を自分の結婚相手として意識していないわけではないのだ。

ただ、今はまだ頷けない。

もう少しだけ、待ってほしいのだ。

「……待ってくれるって言ったよね？」

ずるいと思いつつそう告げると、ブランは「確かに言ったから待つけど、待つのって結構辛いんだよね」と酷く情けない顔をして項垂れた。

◇◇◇

ブランに連れられて向かったのは、城の裏庭だった。

着ているのは女官服ではない。外を歩くので、きちんとした格好をして欲しいと言われ、ドレスに着替えた。

裏庭は昨日アフタヌーンティーをした中庭とは違い、整備された森のような印象で、背の高い木々が多く、花よりも緑の割合の方が多い。

ブランはその更に奥へと私を連れて行った。

森は深くなり、少しずつ太陽の光も届かなくなっていく。

「ど、どこに行くの？」

闇は得意ではないのだ。

ブランに危害を加えられるとは思わないが、せめて行き先くらいは教えてほしい。

不安になりながらも聞くと、ブランは私の手を引きながら言った。

「もうすぐ着くから。ああ、ほら、目的地はそこだよ」

「そこ？」

ブランが指し示す場所には、分厚く頑丈そうな扉があった。鉄の扉、だろうか。

とにかく分厚く、そして大きい。

扉の周囲には背の高い塀があり、中がどうなっているのかは分からない。

古びた扉は錆《さ》びているように見えた。

「ここが目的地なの？」

「うん、正確にはこの中かな」

言いながらブランが、扉に手を触れる。大人が何人掛かってもビクともしなさそうな扉だったが、彼が触れると、ギシギシと音を立てながら勝手に開き始めた。

「勝手に開いた⁉」

目を丸くする私にブランが言う。

「この扉は、王族にしか開けられないんだ。この先は、特別な場所だから」

「特別な、場所？」

「見れば分かるよ。さあ、入って」

ブランに背中を押されて、中へと入る。

どんな光景が待ち受けているのかと緊張したが、中を見て目を大きく見開いた。

「ここ……」

一面に咲き誇る様々な色の美しい薔薇。そしてその中央にある噴水。

不思議な空の色も私の記憶にあるまま。

目の前にあるのは、間違いなく私が十年以上夢の中で通い続けた薔薇園だ。

「……」

「もう分かったと思うけど、ここは私と君が十年以上、毎日会っていた場所。夢見の庭と呼ばれている」

「夢見の庭……」

ブランが場所の説明をしてくれるも、ほとんど彼の言葉は耳に入っていなかった。

何せ夢でしか見たことのなかった風景が現実としてあるのだから。

「夢じゃなかったんだ……」

無意識に呟く。

夢でないことは理解していたつもりだった。

何せイマジナリーフレンドだと思っていたブランが現実に存在したのだ。

実際に触れ、体温のある人間だということも実感した。

でも、心のどこかで、これは夢でないかと思っていた自分がいたことも確かだった。

あの夢の世界。

薔薇が咲き乱れる不思議な空の色が広がる場所。

あれが夢でなければ何だというのか。私はずっとそう思っていた。

だけど、今私が目にしているのは、確かに夢で見続けた場所で——初めて私は、あれは夢などではなく、実在したものだったのだとようやく納得することができた気がした。

「……そっか」

薔薇園に一歩踏み出す。土を踏みしめている感触にさえ、ウルッと来た。

ゆっくりと歩き、いつも定位置にしていたベンチに腰掛ける。

無言で私についてきたブランは、私の前に立った。

「……どうかな」

「今まであったことが単なる夢でなく、ちゃんとあったことなんだって思えた。……ここに連れてきてくれてありがとう、ブラン」

どこかフワフワと地に足をつけていなかったのが、きちんと地面の上に立てた気がした。

あの夢の中で、私とブランは間違いなく時間を積み重ねていたのだ。今までどこか信じ切れていなかったそれを、この庭を見てようやく信じることができた。

「私はブランとちゃんと時間を過ごしていたのね」

「当たり前だよ。君にとっては夢だったかもしれないけど、私にとっては現実だったし。私たちが語り、過ごしてきた時間は本物だ。どこにも嘘はない」

「うん……」

改めて広がる景色を眺めていると、ブランと一緒に過ごしてきた日々が、次々に思い出として蘇《よみがえ》ってくる。

初めて会った時のこと、ブランに相談された時のこと、告白された時、そしてプロポーズされた時のことなど、数え切れないほどの思い出が浮かんでくるのだ。

「リン」

ベンチに座り、懐かしい景色に身を浸していると、ブランが申し訳なさそうに声を掛けてきた。

「どうしたの？」

「悪いけど、少しだけ席を外してもいいかな。文官に呼ばれていたことを思い出して」

「お仕事？」

「うん。今日は休みだと言ったのは嘘ではないんだけど、この約束だけは外せなかったんだ」

心底済まなさそうに言うブラン。私は慌てて彼に言った。

「お仕事があるのなら優先して。私なら平気だから。ええと、私はどうすればいい？　付いていった方が良いのかな。それとも部屋に戻った方が良い？」

「用事はすぐ終わるから、リンはここにいてくれたらいいよ。この場所はさっきも言った通り王族しか入れないようになっているから安全だし」

「そう？」

もう少し薔薇園にいたいなと思っていたので、そう言ってもらえるのは有り難い。

「一時間……ううん、三十分で戻るから！」

「急がなくて大丈夫よ～」

大慌てで薔薇園――夢見の庭を出て行くブランを見送る。この場所でなら一時間程度時間を潰すのは余裕だ。

ひとりになった私は、改めて夢見の庭を眺めた。

時間的にはわずか数日ぶりのはずの庭。それなのに妙に懐かしく思えるのはどうしてだろう。

もう一度ベンチに腰を下ろし、目に映る薔薇や噴水を楽しむ。

長年親しんできた場所だからか寛《くつろ》げるし、下手に部屋にいるより落ち着くような気がした。

「……おい」

「ひゃっ⁉」

突然後ろから声を掛けられ、冗談ではなく息が止まるかと思った。

「な、何⁉」

誰も来ないはずなのにどうしてと思いつつ、振り返る。

そこには黒髪青目の男性が立っていた。

野性味溢れる顔立ちなのに、どこか品がある。それぞれのパーツがくっきりしていて、派手な美形だと思った。髪は肩までくらいの長さで、後ろでひとつに結んでいる。

彼は黒のズボンと上着に、紺のベストを着ていた。

クラヴァットは、先ほど私がブランに教えてもらったのと同じ結び方をしている。着ている上着の丈も長い。

しかも、全く似ていないはずなのに、何故かブランを彷彿とさせる。

これは多分、間違いない。

ブランから何度か聞いた離れに住むという彼の弟――。

「……ノワール王子？」

記憶から何とか名前を思い出して呼ぶと、彼――ノワールは目を見張った。

「なんだ。オレのことを知っているのか」

「う、うん。……じゃなかった、はい。あなたのお兄様からお名前はうかがっておりましたので」

ブランの時と同じように話そうとして、彼が王子であることを思い出した。

急いでベンチから立ち上がり、敬語で言い直す。ブランが友達口調でＯＫだからと言って、この人も同じとは限らないし、普通に失礼だと思うからだ。

「兄上から聞いているのか。ふうん、で、お前は兄上の異世界のつがいだな？」

「は、はい。天草凜と言います」

ジロジロと上から下まで値踏みするような目で見られ、居心地が悪い。

しかし、ブランのいない時に彼の弟と遭遇してしまうとか、ちょっと私、運が悪すぎやしないだろうか。

「ええと、どうしてこちらに？」

「オレも王族の一員だからな。普通に来ることができる」

そういえばブランも、王族なら入れると言っていた。

しかし、うっかりブランの弟に遭遇してしまったわけだが、私はどうすればいいのだろう。

この場を去れば良いのか。いや、ブランにここで待っていると約束しているわけだし、それはあまり賢くない。

「え、ええと……」

いくらブランの弟といっても、王族でしかも私にとっては初対面の相手だ。

どう対応すれば正解なのか分からなくて、誤魔化すように笑っていると、ノワールは酷く億劫《おっくう》そうに言った。

「そんな顔をするってことは、お前もオレの神託のことも聞いているのだろう。悪魔憑きのノワールといえば、誰もが知っている。同じ場所にいたくないというのなら、逃げても構わないぞ」

最後の言葉をまるで怖がらせるかのように告げる。それを見て、思わず言ってしまった。

「あ、神託については確かに聞いていますけど、別に悪魔憑きの王子だから逃げたいとか、そういう話ではないんです」

「うん？　どういうことだ」

「あ、しまった」

黙っているつもりだったのに、口が滑ってしまった。

ノワールが眉を寄せ、顎で続きを話せと促してくる。相手は王子だ。拒否権はないと悟った私は、仕方なく口を開いた。

「……ええっと、普通に見知らぬ王子様とふたりきりって緊張しません？　異世界人だとご存じなら正直に言いますが、私、王族と話したことなんて、あなたのお兄様以外にいないんです。だから、どう対応すればいいのか分からなくて、それで困っていただけなんですけど」

「は？」

思っていたのとは違う答えが返ってきたという顔をされた。

だが、紛れもなく本音だ。

普通に知り合いでもない目上の人物と一緒とか気まずいどころの話ではないと、ただそれだけの話。断じて、悪魔憑き云々《うんぬん》は関係ない。

「……悪魔憑きの話は聞いているんだな？」

「はい。その辺りはブランから。でも、別にノワール王子が悪魔憑きだと決まったわけではないとも聞きましたよ。私もその認識なのですけど」

「……オレの見た目が全てを語っているだろう」

嫌そうに己の姿を見下ろすノワール王子だが、私のスタンスは変わらない。

前にブランにも告げたことを、今度は本人に言った。

「黒髪青目の方がこれまで悪魔憑きとなったって話ですよね？　でも、それだけの話でしょう？　ノワール王子が黒髪青目だからと言って、あなたが悪魔憑きになるとは限らなくないですか？」

「オレではないということは、兄上、つまりはお前の結婚相手が悪魔憑きとなるということだ。それでも構わないのか」

「うーん、これ、何かの問答っていうか、私のこと試してます？　可能性の話でしょう？　それにブランだとしても別に構いませんよ」

「……ほう？　兄上を捨てるからか？」

蔑むように言われ、首を横に振った。

「いえ。そういうことではなく。だって絶望しなければ悪魔憑きにはならないんでしょう？　回避策が示されているのに怖がる必要ありますかって話なんですけど」

「は……」

何故か呆気《あっけ》にとられたような顔をされる。

まじまじと顔を見られた。……気まずい。

「あんまり見ないでいただけると助かります」

「……変わった女だな。そんなこと、誰も言わなかったぞ」

ブランと同じことを言うノワールに、つい笑みを零してしまった。

「さあ？　その辺りは私には分かりかねますが、敢えて言うのなら異世界人だからじゃないです？　価値観とか考え方が違うんですよ。だから珍しがられても困るんですけど」

私からすれば当たり前すぎる話だ。だけど、同時に分かってもいる。悪魔憑きがどんなものか知らないから、簡単に『構わない』と言えるのだろうな、と。

この世界の人たちとは違い、悪魔憑きについて私は何も知らない。だから、怖がる彼らを否定することもできないのだ。

「……異世界人、か。そうだったな。異世界人なら悪魔憑きを怖がらなくてもおかしくないか」

「そうそう、そうです」

「それでも、多少は嫌悪を覚えそうなものだがな」

自嘲するように告げ、ノワールは私を見た。

「――お前、兄上と結婚しないのか？」

突然結婚の話題を出され、目を丸くした。

「い、いきなりなんです？」

「面倒臭いから敬語はやめろ。兄上と結婚するならオレの義理の姉になるのだろう。オレのこともノワールと呼べば良い」

「はあ……」

本人がそれでいいと言っているのならまあ、構わないのだろう。

「え、ええと、じゃあ、私のこともリン、で。それで、本題に戻るけど、どうしていきなり結婚の話になったの？」

「普通は、異世界のつがいを呼び寄せると同時に結婚のふれが出る。だが、今回、兄上の意向でそのふれはしばらく止められると聞いた。だから、お前の方に結婚の意思がないのかと思ったんだ」

「……そうなんだ」

ブランがお触れを出すのを止めているのは、間違いなく私が待ってくれと言ったからだ。

申し訳ないと思うと同時に、きちんと私の気持ちを待とうとしてくれている彼の意図を知り、嬉しく思った。

ノワールが不思議そうな顔をして聞いてくる。

「兄上と結婚しないのなら、どうしてこちらの世界にやってきた。それとも兄上はプロポーズもせず、お前を連れてきたのか？」

「わ、わあ……」

こちらの事情にガンガンに首を突っ込んでくる。

普通なら、さすがにプライバシーの侵害だと怒る案件だ。だが、相手はブランの弟で、ある程度事情を知っている。そして、私も誰かに今考えていることを聞いてほしいという想いがどこかにあったのだろう。

だからか、拒否感もなくすんなりと答えてしまった。

「や、プロポーズはしてもらったし、私も頷いたの。でも異世界に来た直後にいきなり結婚っていうのはちょっとしんどくて。だから決心するまで待ってほしいってお願いしている状況なの」

「躊躇《ため》っているというわけか。なんだ、お前は兄上のことが好きではないのか」

「うわ、直球。……好きだよ、ブランのことは。ちゃんと恋人関係だしね。でも、好きだから今すぐ結婚できるかって言ったら、そうでもないと思わない？」

「兄上は素晴らしい方だぞ」

さらりと『素晴らしい』と言い放つノワールを見る。

ブランから、弟に避けられていると聞いていたが、この感じなら嫌っているとかではなさそうだ。

その思いからつい、聞いてしまう。

「……えっと、ノワールはブランのこと、好き？」

「は？」

ガン、と目を見開きノワールがこちらを凝視してくる。

「なんだって？」

「こわ……いや、だからブランのことが好きかどうか、聞いただけなんだけど」

「……答える必要があるのか」

「必要はないけど、ブランが気にしているからね。弟に避けられているって」

「……悪魔憑きと噂《うわさ》されるオレと親しくしたところで、兄上にメリットは何もない。オレとは関わらないのが兄上のためだ」

言い切ったノワールだが、その顔はどこか寂しそうだ。思わず見入ってしまう。

「なんだ。何か文句があるのか」

「ううん。ないよ」

あるわけがない。

首を横に振ると、ノワールが「お前の方こそどうなんだ」と言ってきた。

「私？」

「ああ。兄上との結婚の話だ」

「さっきの続きね」

答えろという圧を感じ、仕方なく口を開いた。

「うーん、結局、私の心の問題なのかな……。こっちに来てから知ったこととか結構あるし」

「……こちらに来てから知ったことと言うのは、悪魔憑きの話か？」

「違う違う。それはどうでもいいし、悪魔憑きの話はこっちに来る前に聞いてた」

「……ふうん」

「気にしてるのは、彼が実は王族だったとか、そっちの方だよ。付き合っていた人が実は将来王様になるんですー、って重すぎない？」

ノワールは「悪魔憑きはどうでもいいのか……」と呟いたあと、私に言った。

「第一王子であることが気になるなら、第二王子くらいならどうだ？」

「あ、それくらいならまだ、今ほど気負わずに済んだかもね。将来王様になるって言われるよりはよほど気持ちは楽だし」

「王様どころか、将来は臣下に降ることになるだろう」

「あ、ちょうどいい。それくらいの方が良いなあ」

冗談だと分かっているので、笑顔で答える。

しかし、初めて話したが、ノワールは意外ととっつきやすい人のようだ。

ブランからの話では、下手をすれば彼以上の人嫌いかと思ったのに、そんな風にも見えない。

しばらくノワールと軽口を叩《たた》き合う。

彼との会話はテンポが合うのか、初対面とは思えないほど話すことができた。

——ノワール、友達になってくれないかなあ。

ブランの他にも気軽に話せる人がいれば、ずいぶんと気持ちも楽になるだろう。

話した感じ、彼となら友人になれそうだし。

断られたら仕方ないけれど、聞いてみるくらいはいいかもしれない。

「あの、ノワール、あのね——」

良かったら私と友達になってほしい。そう言おうとしたところで、タイミング良く邪魔が入った。

「ノワール⁉」

「あ」

声の主はブランだった。

驚いた顔をして、こちらに走ってくる。どうやら用事とやらは終わったようだ。

「ちっ」

「え？」

舌打ちをし、ノワールが身を翻す。ブランが引き留めるように再度その名前を呼んだ。

「ノワール‼」

「兄上が来たのなら、オレは消える。……オレと親しいなんて噂されたら、兄上に迷惑が掛かるからな」

「ちょ、ちょっと……！」

引き留める間もなく、ノワールは走り去ってしまった。

呆気にとられていると、こちらにやってきたブランが「あー！」と残念そうに言う。

「せっかく久しぶりにノワールの姿を見つけられたと思ったのに！　ね、いつの間にノワールと知り合ったの？」

「いつの間にも何も、ブランが行ったあとに声を掛けられたの。あなたから話は聞いていたし、向こうも私を知っていたから普通に話していたんだけど」

「普通に話していた？　ノワールと？」

「う、うん。何かまずかった？」

驚愕《きょうがく》した様子のブランを見て、何かやらかしてしまったかと焦る。彼は否定するように首を横に振った。

「いや、まずくはないよ。ただあのノワールが、誰かと親しく話すとか想像もつかなかっただけで。リンには話したでしょう？　ノワールは悪魔憑きとして皆に遠巻きにされているって」

「うん」

「本人もね『オレは悪魔憑きだ』って自分から言って人を遠ざけているんだ。私の扱いなんてひどいものだよ。さっき君が見た通り、近寄ろうとしただけで逃げられてしまう」

寂しそうに告げるブランを見つめる。

「私は仲良くしたいのに。ノワールを悪魔憑きだなんて思っていない。どちらかというと私の方が可能性は高いんじゃないかって思っているくらいだ。なのに、いくら言っても弟は話を聞いてくれないし、今みたいに逃げられてしまうんだ」

「そうだったの……」

「せっかく双子に生まれたのに、嫌われるのは悲しいよ」

しょぼんとするブラン。

彼の話ではノワールに嫌われているということだが、私にはそんな風には見えなかった。

先ほど少し話しただけだが、彼は兄について肯定的だったし、はっきり答えを聞いたわけではないが、あの感じならむしろ好きなんじゃないかなと思う。

「ブラン……」

落ち込んでいる様子のブランに声を掛ける。ブランは気持ちを切り替えるように息を吐いた。

「ごめん。情けない姿を見せたね。ノワールのことは良いんだ。昔からずっとああで、今に始まったことではないから。私がノワールを好きなことも変わらないし。だから気にしないで」

「……それで良いの？」

「うん。これは私が何とかすべき問題だと思っているしね。大丈夫。いつかはノワールとも仲良くなってみせるよ。私は諦めが悪いのが取り柄なんだ」

「何、その取り柄」

そんな取り柄聞いたことがない。

クスクスと笑うと、ブランもつられたように笑った。

「私はしつこいんだよ。一回好きになったら、まず嫌いになんてなれないし。その分、なかなか人を好きになることもないんだけどね。家族として愛しているのはノワール。恋人として愛しているのは君。私が好きだと本心から言えるのは、このふたりだけだよ」

さらりと告げられた言葉に目を見張る。

ブランが大切だと思える少ない枠に自分が入っていることに、胸がキュウッと痛くなった。

ブランはこんなにも素直に私に気持ちを伝えてくれている。

それなのに私ときたらどうだ。情けないったらない。

「ブラン、私、あの……」

「でも正直、さっきの光景は嫉妬したよ。弟と仲良くしてくれるのは嬉しいけど、弟だって男だからね。大切な恋人が自分以外の男といるとか、とてもではないけど許容できないんだ」

「え……」

「ごめんね。私は心の狭い男なんだ。それを忘れないでくれると嬉しいな。ああ、一刻も早く結婚したいよ。君が私のものだって皆に知らしめたい」

穏やかな物言いだが、彼の目には力が籠もっていた。

ブランが本気で言っているのが分かる。

彼は本当に私のことが好きなのだ。でも、こんなにも真っ直ぐに気持ちを露わにしてくれる人に対し、宙ぶらりんなことをしていていいのだろうか。待ってくれなんて、あいまいなことを言って許されるのだろうか。

――ううん、いいはずがない。こんなの不誠実だ。

だから私はブランを真っ直ぐに見つめ、今の自分の気持ちを正直に告げた。

「ブラン。あなたの気持ちは嬉しいわ。私もあなたのことが好き。でもごめんなさい。私、やっぱり今すぐあなたと結婚なんてできない」

「えっ」

「どうしたって今の私では、あなたの求婚に頷こうって気持ちになれない。……だから、うん。一度私たちの関係を白紙に戻してみるっていうのはどう、かな?」

ただダラダラと恋人関係を続けるよりは、一度関係をリセットした方が良い。

その方がブランについてもより深く考えられると思うし、ずっと待たされているという気持ちにならなくて済む分、彼にとっても悪くない話のはずだ。

今思いついた提案だが、口にしてみれば、すとんと腑に落ちる感覚があった。

ブランが動揺したように瞳を揺らす。その顔には焦りが滲《にじ》んでいた。

「ちょ、ちょっと待ってよ。私は君の気持ちが追いつくまで待つって……」

「うん。そう言ってくれたのは有り難かった。でも私は、一度全部をリセットしたい。そうしたかったんだって今、気づいたの」

はっきりと告げる。

ブランは愕然とした様子で私を見ていたが、我に返ったように私の手首を握った。

強い力に顔が歪む。

「痛いっ……」

「嫌だ」

「ブラン！」

「たとえ一時といえども、君と別れるなんて承服できない。ねえ、リン。私がどれだけ君のことを愛していると思っているの。本当は今すぐ妃にしたいところを必死に我慢しているんだよ？」

ギリギリと手首が締め付けられる。

ブランは決して声を荒らげたりはしなかったが、手には痛いくらいの力が入っていたし、表情には焦りと怒り、そして悲しみがあった。

それを直視してしまい、息を呑む。

「ブラン……」

「待つのはいいよ。碌《ろく》に事情も説明せず、こちらに呼んだのは私だ。君が納得できるまで待つのは当然のことだとも思う。でも、別れるのは駄目だ。……ねえリン。私はね、何があったって君を逃がす気はないんだよ」

「……」

「君を愛してる。君があの神託を聞いて、それでも態度を変えなかったあの時からずっと。私にはリンが必要なんだ。お願いだから別れるなんて言わないでよ。たとえ一時のことと言われても、君が私のものでなくなるなんて耐えられない。心が死ぬ」

泣きそうな顔で言い、ブランがぐっと手を引いた。

彼の方へと身体がよろける。

「君を失うなんて考えたくない……」

哀願の響きと共に、唇が塞がれた。

「っ……!?」

突然の出来事に、一瞬思考が止まる。

押しつけられた唇は、火傷《やけど》してしまいそうなくらいに熱かった。

昨日に引き続き、二度目の口づけは力強く、私を離さないという彼の決意が痛いほど伝わってくる。

驚きに目を見張るも、彼の顔が泣きそうになっていることに気づき、なんとか落ち着かせようとキスの合間に口を開く。

「ブラン……あの……んんっ」

宥めようとしたが、言葉は続かなかった。

口が開いたタイミングで、ブランが舌を捻《ね》じ込《こ》んできたからだ。

肉厚な舌が無遠慮に私の舌へと絡み付く。未知の感触に逃げそうになったが、彼はそれを許さなかった。舌裏を擽《くすぐ》られ、ビクリと身体が反応する。

「ん……んんっ……」

無意識にブランに縋《すが》り付く。

気持ち悪いとか、嫌だとは思わなかった。むしろ気持ち良い。

頭がぼうっとしていく。何も考えられず、ただ、彼の行為を抵抗せず受けていた。

「……はっ……ん……」

どれくらい経ったのか。

顎が痺れを感じ出した頃、ようやくブランは私を解放した。

長くキスしていたせいなのか、まだ頭がはっきりしない。

なんとか頭を振り、ブランを見る。

無理やり口づけてきたはずなのに、彼は何故か涙を流していた。

「ブラン……」

「謝らないよ。悪いことをしたなんて思っていないから」

そう言いながらも彼は罪悪感に塗《まみ》れた顔をしている。

それを見て唐突に、傷つけた、と理解した。

私は、己のわがままな発言のせいで、彼をいたく傷つけてしまったのだ。

それに気づいてしまったから、強引な口づけを怒ることができない。

静かに涙を流すブランを見ていると、罪悪感が募っていく。

「ブラン、私、あの……」

ごめんなさい。そう言おうとした私にブランは涙を流しながら言った。

「とにかく、一時とは言え、私の方に別れるつもりはないから。ただ、待つのは待つよ。約束したからね。それだけ分かってくれればいい」

「あ」

「……少し頭を冷やしてくる」

私から背を向け、ブランが去って行く。

その背中には拒絶の色があり、私は追いかけることができなかった。

第四章　鈍くてごめん

ブランが去ったあと、どうすればいいのか判断に迷った私だったが、結局何もできることはなく、とぼとぼと自室に戻った。

寝室のベッドに転がり、両手で顔を覆う。

ブランに言ったことに嘘はない。

一度全てをリセットさせたいと言ったのは、紛れもなくあの時思った私の本音だ。

だけどそれはあくまでもこちらの都合。

真剣に私を想ってくれているブランに押しつけるべきではなかったと、今更ながら反省していた。

「うう……」

ブランが見せた涙を思い出すたび、心に強烈なダメージを負う。

泣かせたいわけじゃなかった。

拒絶したつもりもなかった。でも、それは結果的にブランを傷つけることとなった。

「ごめん……ブラン……」

彼を好きだという自覚があるからこそ、余計に申し訳ない気持ちになる。

ブランにされたキスのことなど、すっかり頭の中から飛んでいた。

別に嫌ではなかったからというのもあるが、それよりも彼の涙が強烈過ぎて、そちらの印象の方が強くなってしまったからだ。

「ううう……」

自責の念が消えない。

こんなに嫌な気持ちになるのなら、白紙に戻したいなんて言わなければ良かった。

「私……最低だ……」

私にとっては良かれと思った選択だったが、ブランからしてみれば最悪で間違いない。

愛を貫いてきたのに、相手の勝手な都合で白紙に戻したいなんて言われるのだから。

少し考えれば分かることなのに、私は自分の感情ばかりを優先して、ブランのことなど何も考えなかった。

もそもそと起き上がり、ベッドの隅に腰掛ける。小さくため息を吐いた。

「気まずいな……」

正直、しばらくまともに顔を見られる自信もなかったが、ブランの世話係という仕事がある以上、彼から逃げるわけにもいかない。

何せ、仕事が欲しいと言い出したのは私なのだ。体調不良でもないのに「休みます」とは言いたくないし、あまりにも常識がない。

「うう……行くしか、ないか」

本当は少し間を置きたかったけど、雇われている身でわがままは言えない。

ここは、プロ根性で乗り切るしかないかと、私はもう一度ため息を吐いた。

◇◇◇

幸いなことにも、私がプロ根性を見せる必要はなかった。

億劫な気持ちを抱えながらも、なんとかブランの部屋へ向かおうとした私に、やってきたメイリンが言ったのだ。

「しばらく、お仕事はお休みとの仰せです」

つまり、世話係はなしと、彼はそう言っているのだ。

どうやらブランは、互いのために冷却期間を置くことを決めたらしく、正直その判断は有り難かった。

プロ根性と言っても、どんな顔をしていけば良いのか正直まだよく分かっていなかったし、彼の顔を見た瞬間、今度は私の方が泣き出しかねなかったからである。

有り難くブランの提案を受け入れ、休みとさせてもらった。

それから二週間。

今日も休みを言い渡された私は、相変わらずブランとの関係に結論を見いだせず、悩み抜いていた。

◇◇◇

中庭に散歩にやってきた。

部屋の中で悩むよりは日の光を浴びた方が建設的な結論が出せるのでは？　と考えた結果である。

この国では今、季節は春のようで、日の光も穏やかで過ごしやすい。

私は名前も知らない花が咲いているのを楽しみながら、ゆっくりと舗装された道を歩いた。

今日、着ているのは、踝《くるぶし》まで長さのある青色のドレスだ。クローゼットの中にあった、私が今、一番お気に入りの服。

盛装というほど派手ではないが、細やかな刺繍が綺麗なのと、レースが多く使われていることで地味には見えない。

この二週間ほどで、こちらの世界にはずいぶん慣れたと思う。

最初は戸惑うばかりだったが、言葉は通じるし、文字も読める。

皆も異世界人である私に優しい。更には食も日本で食べていた時のものと似ている食材や料理が多くあるとくれば、馴染むのに時間は掛からなかった。

元々私が、使用人に仕えられる生活をしていたのも良かったのだと思う。

ただひとつ、問題だったのは、この二週間、一度もブランと顔を合わせていないということ。

泣かせてしまったあの日から、彼の姿を見ていないのだ。

とはいっても、私の方も会おうとしていないのだから『会えない』も何もないのだけれど。

いまだブランとのことは、何も結論を出せていない。そんな状態で彼に会ったところで、私は彼に何を言えるのか。

結局また、望まない言葉を告げ、彼を泣かせてしまうのではと思えば、自分から会いに行くことも憚《はばか》られた。

「このままじゃいけないと分かってる。でも……」

散歩をしながらひとりごちる。

あれから二週間。いい加減、なんの結論も出ない己に嫌気が差してきた。

ブランを好きなのは自覚している。それならもう、結婚する！　と言えれば良いのに、相変わらず私の心は素直に『うん』とは言ってくれないのだ。

自分のことだというのにままならない。

私は早くブランと仲直りして、また彼と一緒にいられるようになりたいと思っているのに、それを阻んでいるのが自分というのがいただけない。

ただ、そんな状態ではあるが、孤立するということはなかった。

城の女官や侍従たちは会話に付き合ってくれるし、ブランに会えない代わりに、彼の弟であるノワールとよく会うようになったから。

ブランとは会えば逃げる彼も、私相手だとそこまではしない。裏庭を歩けば、高確率で遭遇するのだ。

彼と話すのは楽しく、私は新しい友人ができた心地だった。

昨日も、彼と話した。

ブランと喧嘩《けんか》……というか、ちょっとした行き違いがあり二週間近く会えていないという私に、ノワールは不器用にではあるが慰めの言葉をくれた。

「……後悔しているのなら、さっさと謝ってしまえ」

ぶっきらぼうな言い方ではあったが、声には心配する響きがあった。

ブランが言った通り、ノワールは心根の優しい人だ。彼が悪魔憑きになるとはとても思えないし、彼と仲良くできていることを嬉しく思う。

とはいっても、ブランの与《あずか》り知《し》らないところでノワールと仲良くしているのは、私の方にも少々……いや、かなりの罪悪感があるのだけれど。

彼が悪魔憑きの噂持ちだというからではない。

ブランが『弟が相手でも嫉妬する』と言っていたことを覚えているからだ。

多分、彼が今の状況を知れば、怒ることは間違いない。

だけど、だけどだ。

ブランには頼れない現状。

使用人という立場ではなく、友人に近しい立場で会話をしてくれる相手は私には有り難いばかりで、駄目だと分かっていても、ノワールから離れようとは思わなかった。

――大丈夫よ、ね。

私が好きなのはブランで、ノワールは彼の弟。

ノワールだって私がブランの異世界のつがいだと分かっている。お互い間違いなど起こりようもない。ただ、偶然会った時に軽く立ち話をする、それだけの関係で、それ以上でもそれ以下でもないのだから。


「うう……」

「そんなに悩むのなら、いっそ兄上との結婚は止めたらどうだ?」

「いや、さすがにそれは……私も嫌ってわけではないし……」

「なら、さっさと結婚してしまえばいい。兄上も待っているはずだ」

「それはその通りなんだけどね……」

乾いた笑いを零す。そう思い切れればどんなに楽だろう。

「……色々、難しいの」

ため息を吐いた私をノワールは呆《あき》れたように見た。面倒臭い女だと思われたのだろう。

その通りすぎて、否定する気力もない。

◇◇◇

「はあ……」

昨日、ノワールとした話を思い出しながら庭を歩く。気持ちが沈んでいるので、足も重い。

綺麗に晴れた空が腹立たしく思える。

「……重症だわ」

天気にまで文句を付けてどうするのか。

重たいため息を吐いていると、後ろから元気な女性の声がした。

「見つけましたわ！」

「ん？」

声につられるように振り返る。

そこには金髪碧眼の美少女が立っていた。

「わ……」

感嘆の声が出る。

綺麗にカールされた髪にまず目がいった。とても綺麗な子だ。

アーモンド型の目。

目尻はキュッと上がっており、そのせいで気の強そうな印象を受ける。

ぽてんとした唇は、同性の私でもドキドキしてしまうくらい魅力的だった。驚くほど肌が白い。

おそらく殆ど日に当たったことがないのだろう。

立ち姿がとても綺麗で、その美しい所作から、それなりの家の令嬢であることが推察できた。

着ているドレスは明るいピンク色で彼女にとてもよく似合っている。

「ええと、私に何か用？」

美少女は私よりもいくつか年下に見えた。

中学生くらいだろうか。

年下だと思ったせいか、どうしても声が甘くなる。

だが美少女はそんな私の態度に侮りを感じたようだ。

「子供扱いしないでちょうだい！　私はもう成人しているのだから」

「えっ、成人⁉」

「そうよ。私、三日前に十八才になったの！」

「……嘘、同い年？」

絶対に年下と思っていただけに、彼女の言葉には驚いた。あんぐりと口を開ける私を余所に、美少女は胸を張る。

「ええ！　驚いたかしら。私、シトロン・ヴェルボム。ヴェルボム公爵家の娘よ！」

オホホホホと頬に手を添え、高らかに笑う。

そんな笑い方も、美少女がすると決まるのだから驚きだ。

「ご丁寧にどうも。ええと、私はリン・アマクサ。宜しく」

公爵家ということは、かなりのお嬢様だ。

一体何の用だろうと思っていると、彼女は優雅に挨拶を返してきた。

「ええ、こちらこそ宜しく。……じゃない！　何、のんきに自己紹介してるのよ！」

「え、名乗られたら名乗り返すのは常識じゃない？」

「そうだけども！」

——なんか、面白い子だなあ。

ポンポンと返ってくる言葉が楽しかった。特に私には今まで同性の友人らしい友人がいたことがなかったので、こういうやりとり自体が新鮮に思える。

「ええと、それで、シトロンさんは私に何か用事があるの？」

話を促す。彼女はハッとしたように言った。

ビシッと私に向かって指を突きつけてくる。

「そう、そうよ。私はあなたに用事があって話し掛けたの。リン・アマクサ。あなた一体どういうおつもりかしら」

「？　なんの話？」

「決まってるじゃない！　ブラン殿下のことよ‼」

シトロンの口からブランの名前が出て、軽く目を見張った。

彼女は目を吊り上げ、私に迫る。

「あなたがブラン殿下の異世界のつがいであることは知っているわ。でもそれならどうして結婚のふれがまだ出ないの？　今までなら、異世界のつがいを呼んだ翌日には結婚のふれが出ていたのに！」

「えっと……それは……」

この間、ノワールにも言われたことを今度は別の人物に指摘され、口ごもる。

今私が一番触れられたくない話題だった。

「あなたがこちらにきて、もう二週間。だけど一向にふれが出る気配はない。話によれば、殿下の方に結婚する気はあるようだから、となると問題はあなたの方よね？　どうして結婚しようとしないの？」

「っ……」

情けない話だが、どう答えるべきか分からなかった。

多分、彼女が言っていることは、この城、いやこの国に住む全員の疑問なのだろう。

この二週間、私の世話をしてくれた人たちは皆、どこか物言いたげにしつつも、何も聞かずにいてくれた。それは多分、ブランに止められているからなのだと思う。

何も言えない私を、彼女は更に責め立ててくる。

「何をいつまでぐずぐずしているのよ。ブラン殿下と結婚する気はあるんでしょう？　そうよね？　だって異世界のつがいは、同意がなければこちらの世界に連れて来られないって聞いているもの」

「そ、それは……」

「結婚するつもりでこちらに来たくせに、今更、怖《お》じ気《け》づいているの？　そういうの、やめてくれる？　いつまでもはっきりしない態度を取られたら、彼が可哀想だわ！」

「彼？　……あっ」

告げられた言葉を聞き、ハッと気がついた。

きっと、シトロンはブランのことが好きなのだ。

ブランが可哀想だというくらいだ。多分、間違いないだろう。

だからいつまでも煮え切らない私を彼の代わりに怒りに来た。

「あなたが今、しているのはただのわがままよ。それに振り回されている彼が可哀想だわ。私は小さい頃からあの方を知っているの。あの方は心の優しい、素晴らしい方だわ。ぽっと出のあなたには分からないでしょうけどね！」

吐き捨てるように言われた言葉にカチンと来た。

シトロンは私の様子にも気づかず、執拗《しつよう》に責め続ける。

「あの方に、あなたは似合わないわ。ねえ、いつまでもフラフラしてないでよ。そういうことをされると迷惑なの！」

「……私の気持ちも知らないで勝手なことを言わないでよ」

思いの外、低い声が出た。シトロンがビクリと肩を揺らす。

「な、何？」

怯《おび》えつつも、気丈にこちらを睨《にら》み付けてくるシトロンを、睨み返す。

彼女の言葉に、今までになく腹が立っていた。

——何がぽっと出よ。

私はブランと八才の頃から付き合いがあるのだ。

毎晩、彼と話をして、時間を掛けて友情を深め、ついには恋人になった。

何も知らない、みたいな言い方をされる覚えは断じてない。

むしろ毎晩、彼と逢瀬を重ねていたことを考えると、誰よりもブランについて詳しいと言い切れる。

それに、それに、だ。

目の前にいる令嬢は知らないだろう。

ブランが、恋人に対し、どんな顔を見せるのか。

王子としてのブランのことなら彼女はよく知っているかもしれない。だけど、少なくとも恋人としてのブランを、シトロンは知らないのだ。

その想いを叩きつけるように言う。

「あなたこそ、彼のことをよく知らないくせに、適当なことを言わないで。恋人としての彼がどんな顔をするのかも知らないくせに」

「なっ……」

「そうでしょう？　だってあなたは彼の恋人でも何でもないんだもの」

「そ、それは……」

シトロンが後ずさる。そんな彼女にはっきりと告げた。

「ブランは私の大事な人。誰にも渡さないわ」

「……え」

大きく目を見開くシトロン。そんな彼女を余所に、私はようやく一番譲れないものがなんなのか理解していた。

――私、本当に馬鹿だわ。

今の今までこんな簡単なことに気づかなかったなんて。

待ってほしかったのも本当。

関係を一度白紙に戻してみたかったのも本当。

でも、何よりも私が譲れないと思っていたのはブラン自身だった。

その証拠に、私は今も彼を自分のものだと思っている。

リセットしたいとか言っているくせに、ブランを誰かに譲る気なんてさらさらないのだ。

そんなどうしようもない傲慢さに気づかされた。

最初から私の答えは決まっていた。

私は彼が、ブランだけが欲しいのだ。

それなのに時間が欲しいなんて言って無意味にブランを待たせて、しまいには彼を泣かせてしまった。

本当の意味で白紙に戻すことなんてきっとできなかったのに、そのできないことをしようと言って、意味もなくブランを傷つけた。

目の前の彼女に詰《なじ》られるのも当然だと思う。

「……」

じっとシトロンを見つめる。

彼女はビクリとしながらも、果敢に私を睨んできた。

「な、何よ。わ、私、間違ったことは言っていないわ」

「……そうね」

ふう、と息を吐き、彼女の言葉を肯定した。

「確かに私がわがままだと言うのはその通りだわ。返す言葉もない」

何を言い出すのかと彼女が怪訝《けげん》な顔をした。

そんな彼女に頭を下げる。

「ごめんなさい。確かにあなたの言う通りだったわ。私がはっきりしないせいで、皆に迷惑を掛けた。分かっていたつもりだけど、本当は全然分かっていなかったのだと思う」

「……」

「私、ブランと結婚するわ」

「えっ……」

「もうわがままは言わない。だって、自分の気持ちがはっきり分かったもの。私はブランが好きで、誰にも譲りたくない。だからちゃんとブランにそう言うわ。待ってもらっていた結婚もちゃんとする」

ブランのことが好きなシトロンには申し訳ないが、私は彼を誰にも譲るつもりはないのだ。

ここははっきりと告げた方がいいだろう。そう思い、真っ直ぐに彼女を見ると、シトロンは何故かぽかんとした顔をし、次に酷く嬉しそうに笑った。

ポンッと可愛く手を叩く。

「まあ、まあまあまあ！　そういうことなら、ぜひ！　そうして。あなたがはっきりしてくれたら、彼はこれ以上傷つかなくて済むもの」

「えっ……」

てっきり泣かれるか暴言を吐かれるかと覚悟したのに、彼女はとても満足そうだった。

「い、いいの？」

「いいも何も、私はあなたがウダウダしているのが気に入らなかっただけだから。ちゃんと結婚するって決めたのならそれでいいのよ」

「そう……なんだ」

目を丸くしてシトロンを見る。

私なら恋敵に対し、こんな風に笑えるだろうか。しかも自分の恋が破れたのに、だ。正直ちょっと自信がない。

「あ、あなた、すごいのね」

きっと自分よりも相手の幸せを願えることのできる子なのだ。

驚く私を余所に、彼女は晴れ晴れとした顔で「それなら私が言うことはもうないわ。お幸せに」と言い、颯爽《さっそう》と去って行った。

スキップせんばかりの上機嫌な様子を不思議に思うも、その背中に向かって頭を下げる。

別に彼女からブランを奪ったとか、そういうわけではないけれど、何故かそうしなければならないような気がしたのだ。

「私、もう迷わないから」

きっと私ができることはそれ以外にない。

私は小さな背中が見えなくなるまで彼女を見送り、よしっとひとつ決意を固めた。

◇◇◇

心を定めたのなら少しでも早いほうがいい。

部屋に戻った私は、ブランに会いに行くことを決めた。

とは言っても、彼がどこにいるのか分からない。困った私は、この二週間、一番お世話になっている女官長にブランのいる場所を尋ねた。

「ねえ、ブランはどこにいるのかしら？」

私の着替えを手伝っていたメイリンの手が止まる。

この二週間の間、自分からブランの名前を出さなかった私を、言葉にせずとも心配していたメイリンは、私の言葉を聞き、パアッと顔を輝かせた。

「え、ええ！　ブラン殿下なら、執務室にいらっしゃいますよ。お会いになるのなら、連絡を入れましょうか？」

「……そう、ね。お願い」

メイリンの勢いに仰け反りつつも、頼む。

女官長は嬉しげに頷くと、ものすごい速さで私の着替えを終わらせ、踊り出しかねない勢いで部屋を出て行った。それを苦笑して見送る。すぐに女官長は帰ってきて、ブランの言葉を伝えてくれた。

「今から来ていただいて構わないそうです」

「そう、ありがとう」

今からという言葉にドキリとしたが、早いに越したことはない。

女官長の案内でブランの執務室へと向かった。

◇◇◇

「……ブラン、私だけど」

ノックをしてから声を掛ける。

しばらくして返事があった。

「……どうぞ」

「お邪魔します」

ドキドキしながら扉を開ける。メイリンは笑顔で私を見送ってくれた。

一緒に来るつもりはないらしい。

後ろで扉が閉まる音がする。深呼吸をし、顔を上げて正面を見た。

「……ブラン」

大きな執務机。机には書類がうずたかく積み上がっており、ブランはそこで仕事をしていたようだ。

持っていた羽根ペンを置き、立ち上がる。

「……何？」

「その、話があるんだけど」

「女官長から聞いているよ。そこ、座って」

いつもとは違う、他人行儀な冷たい声に心がダメージを負った。

指示されたソファに腰掛ける。ブランもやってきて、正面の席に座った。

「で？　話って何？」

単刀直入に聞かれ、うっと呻いた。

いつもの彼にならずばり「好きだから結婚する」と言えそうだったのに、突き放されたような態度のせいもあり、躊躇してしまったのだ。

「あー、その、えっと、久しぶり、よね」

「そうだね。私が避けていたから」

ど直球に答えが返ってきて、私の心は更なるダメージを受けた。

心臓のある辺りを両手で押さえる。

「さ、避けていたって……」

「リンも気づいていたでしょう？　でなければ、私が君と二週間も会わないなんてあり得ないよ。……君は今日まで気に掛けてもくれなかったけど」

「そ、それは……」

どんな顔をして、何を話せばいいのか分からなかったからだ。

結論が出ない状況で会ったところで、現状を変えられるとは思わない。

それをどう説明するか迷っていると、ブランがすげなく言った。

「別にいいよ。来てくれたとしても、断っただろうし」

「……じゃ、じゃあ、どうして今日はＯＫしてくれたの？」

「――いい加減、私も限界だったから。君を避けたところで何も変わらない。君は私の気持ちを理解しようともしてくれないし、今日の用件だって分かってる」

ブランがじろりと私を見る。その目線の強さに怯んでしまった。

「前に言っていた通り、私たちの関係を白紙に戻してくれって再度訴えに来たんだろう？」

どこか投げやりな様子のブランに目を見張る。

「もういいよ、それで。恋愛なんて先に惚れた方が負けなんだ。どうあったって私は君を嫌えないし、いくら抵抗したって最後には君の言うことに従うしかない」

「ブラン……」

「おめでとう、君の勝ちだよ。私たちの関係を白紙にしたいっていうのなら、好きにすればいい。私は君の決定を受け入れるから。辛いけど……君の意思を尊重するよ」

視線を床に落とし、悄然《しょうぜん》と告げるブランを凝視する。

その横顔を見ていると、二週間前、静かに泣いていた彼をどうしても思い出してしまう。

胸がキュッと締め付けられるように痛んだ。

きっと私が結論を出せずにのうのうとしていた間も、ブランは苦しみ続けてきたのだ。

そんなことにも思い至れず、自分のことばかり考えていた己が恥ずかしく、殴ってやりたい心地になった。

——私、最低だわ。

好きな人をこんなにも苦しめて。

でも一番酷いと思うのは、嘆くブランを見て、ほんの少し嬉しいと思っている自分がいることだ。

彼がどれだけ私のことを想ってくれているのか分かって嬉しい。

どれほど気に入らなくても、結局は私の望みを受け入れようとしてくれるのが嬉しい。

ああ、私はこんなにも彼に愛されているのだ。

苦しんでいる様子の彼を見て、こんなことを思ってしまう自分は本当に最低だし、救いようがないと思う。だけど、心は嘘を吐けない。

彼の心が私に向いていることが幸せで、魂が震える。

「ブラン」

彼を呼ぶ私の声には間違いなく喜色が混じっていた。

本当に最低な女。

だけどもう二度とこんなことは言わないし、しないと約束するから許してほしい。

好きな人を傷つけておいて喜ぶなんて真似《まね》、絶対にしないから。

「ブラン、お願いよ。顔を上げて」

じっと床を見つめたままのブランに声を掛ける。

ブランはのろのろと顔を上げた。その表情には諦観が滲んでおり、彼が本気で私の決定を受け入れようとしていることが伝わってきた。

そんな彼にゆっくり、そしてはっきりと告げる。

「大丈夫よ。そんなこと言わないから。――ごめんなさい、ブラン。私、今まで自分のことばかりで、あなたを傷つけ続けてきたわ」

「……リン？」

予想していた言葉とは違うものが来たことに、ブランが怪訝な顔をする。

私は微笑みを浮かべた。

もう迷わない。私は私の意思で彼の手を取ると決めたのだ。

「私、ブランのことが好き。誰にも譲りたくないくらいに。だからね、それならもう良いかって思って」

「もう良い？　どういう意味？」

言葉の意味を正確に把握できていないブランが眉を中央に寄せる。

私は立ち上がり、彼の下へと歩いていった。こちらをぼんやりと見上げる彼の手を取る。

「待たせてごめんなさい。私、ブランと結婚するわ」

「……え」

掠《かす》れた声が小さく響く。彼の目がジワジワと見開かれていった。暗く淀《よど》んでいた瞳に火が灯《とも》る。

ブランは立ち上がり、信じられないという顔で言った。

「い、今、なんて？　なんて言ったの？　聞き間違いでなければ、私と結婚してくれるって聞こえたんだけど！」

「え、うん。そう言ったけど……」

大きく目を見開き、詰め寄ってくるブランの様子は鬼気迫っていて、普通に怖い。

それでも彼の言葉を肯定すると、ブランは目を見開いたまま、ポロリと一粒涙を落とした。

「あ……」

「……本当に？」

丸い粒がまるで真珠のようだ。つるりと頬を滑り落ちていく涙に見蕩れていると、ブランは私の顎を掴み、自分の方へと向けた。

「ねえ、答えて。本当に、私と結婚してくれるの？」

目が少し赤い。涙の後が残る頬にそっと触れた。

「うん。不安にさせてごめんなさい。——私、ブランがいいの。だからあなたと結婚するわ」

「……嬉しい」

強い力で抱きしめられた。

痛いくらいだったが、嫌だとは思わない。ブランの腕が震えていることに気づいたからだ。

彼の背に手を回し、ポンポンと宥めるように軽く叩く。

より一層腕の力が強まった気がした。それに苦笑しつつも彼に言う。

「ブラン、好きよ。誰よりも私自身を見てくれて、私を尊重してくれるあなたを愛しているわ」

私がブランを好きになった理由。

私を私として見てくれるところ。そして、私の意思を尊重してくれるところだ。

昔から彼はそうだった。

ブランはどんな時でも私の気持ちを無視しない。そして自身がどうしても受け入れられなくても、最後には私に任せてくれるのだ。

ついさっきだって、結局私の望みを受け入れようとしてくれたし。

そういうところが私にはどうしようもなく嬉しくて、好きだなと思ってしまう。

「大好きよ、ブラン」

心を込めもう一度告げる。ブランからは泣きそうな声で答えが返ってきた。

「……私もリンを愛してる。一生君を離さないから覚悟して」

「……うん、そうして」

強く頷く。

片道切符の異世界に来てしまったのだ。ブランにはぜひ最期の時まで責任を取ってもらわなければならない。

「ずっと一緒にいてね」

「嫌だって言われても、離れないよ」

思いの外真剣な声が返ってきて、笑った。

それくらいの方が安心できるなと思ったのだ。

ブランが私の身体を離す。そうしてゆっくりと跪《ひざまず》いた。

片手を差し出し、請うように告げる。

「――私の全てを賭けて、君を大切にすると誓う。だからどうか私と結婚してください」

目を見開く。

改めて告げられたプロポーズに胸が一杯になった。

その手を取り、迷いなく返事をする。

「――はい、喜んで」

「リン！」

立ち上がったブランが、喜びを爆発させる。

心の赴くままに、私を強く抱きしめた。私も同じように抱きしめ返す。

ブランが感極まった声で私に言った。

「結婚しよう、リン」

その言葉に再度頷きながら目を閉じる。

落ちてきた口づけに陶然となりながら、私は今までにない幸せを感じていた。

◇◇◇

ブランと結婚の約束を交わしたその日の夜。私はベッドの上でストレッチをしていた。寝る前にストレッチをするのは日本にいた頃からの習慣だ。身体を解《ほぐ》して寝ると、熟睡できるのだ。

「ふっふふーん」

無意識に鼻歌が漏れる。

この二週間ほどの悩みがようやく解消されたのだ。ずっと胸にあった澱《おり》のようなものが融《と》け、久々にすっきりとした心地だった。

それに、仲直りをしたあとのブランは以前にも増して優しく、甘く私に接してくれたから。

あのあと、一緒に夕食を食べたのだけれど、その時も会話が弾んで楽しかった。

二週間、交流していなかったのが嘘のようにすらすらと話せたし、なんだか雰囲気も甘かったような気がする。

ブランの私を見る目は優しく、愛情に満ちあふれていて、その目を見ただけで顔を赤くさせてしまう。

そしてそれを見たブランがまた嬉しそうに笑うものだから、私もつられて笑ってしまうのだ。

「なんか、付き合いたてのカップルみたい」

夕食時のことを思い出し、クスクスと笑う。

ブランと恋人になったのは、彼のことをまだイマジナリーフレンドだと信じていた頃の話だ。

その時ももちろん彼のことを恋人と認識していたが、今ほど互いの雰囲気は甘くなかった気がする。

「さて、そろそろ寝ようかな……」

ストレッチを終え、ベッドから降りる。

時計を確認し、寝る前に水を飲もうと水差しを手に取った。その時だ。

――コンコンコン。

「ん？」

遠慮がちに部屋の扉がノックされた音がした。

気のせいかと思ったが、もう一度ノック音が聞こえ、慌てて扉の前へ行く。

ナイトウェア姿なのが気になったが、もしかしたら緊急の連絡かもしれない。返事をしない選択肢はなかった。

「だ、誰？　何かあったの？」

すでに夜も遅く、真夜中といっていい時間帯。

こんな時間に誰が訪ねて来たのかと思ったが、次いで聞こえてきた声に目を見張った。

「ブランだけど。リン、起きてる？」

「ブラン⁉」

どうしてこんな夜更けにブランが。

驚きつつも、扉を開けた。そこには確かにブランが立っている。

「……どうしたの？　何かあった？」

ブランはナイトガウン姿で、さっぱりした様子だった。

如何にも寝る前といった姿の彼に首を傾げながらも、室内に招き入れる。こんな無防備なブランを廊下に立たせておけない。

「と、とりあえず入って」

「うん、お邪魔します」

素直に頷き、ブランが入ってくる。扉を閉め、彼に向き合った。

「で、こんな時間に何をしにきたの？」

「え、分からない？」

キョトンとした顔をされ、困惑した。

ブランは私の側に来ると、にこりと笑った。その笑みは純粋なものでなく、どこか艶めいていてドキッとする。

「――本当に分からない？　夜中に恋人の部屋を訪ねる理由」

「っ⁉」

耳元で内緒話をするように囁《ささや》かれ、一瞬、本気で心臓が止まるかと思った。

極限まで目を見開き、ブランを見る。彼は私の手を取ると、その甲に口づけた。

「ようやく本当の意味で両想いになれたんだ。求婚にも頷いてもらえた。明日にも私たちの婚儀についてはふれを出すつもりだけど、その前に、君を私のものにしてしまいたいなって思って」

上目遣いでこちらを窺ってくるブランの声は甘く、私を絡め取ってしまいそうだ。

「ね、駄目かな？　君が欲しいんだけど」

ブランは手を放さない。じっと私の目を見つめながら、答えを待っている。

「え、えっと……」

ブランの言いたいことはさすがに分かる。

私が欲しい――つまりは抱きたいということだろう。

恋人なのだ。その展開を全く想像していなかったと言えば嘘になるが、まさかそれが今日やってくることになるとは思わなかった。

――わ、私、どうすれば……。

予想していなかった展開に、頭がパニックを起こしている。

突然の来訪。そして私を抱きたいというブラン。

でも、多分だけど、ブランは私が嫌だと言えば、大人しく引き下がるのではないだろうか。

まだ早いから待ってほしいと言えば、仕方ないと笑って退いてくれる、そんな気がした。

――でも、それで良いのかな。

ブランを見つめる。

彼は私が沙汰を下すのを待っていた。

「……」

ブランに抱かれるのが嫌かと聞かれれば、答えはノーだ。

結婚してもいいと思えるほど好きな人なのだから、望まれているのなら応えたい。

ただ、その時が思ったより早かったというだけなのだけれど――。

――ま、タイミングなんてそんなものよね。

せっかくブランが勇気を出してきてくれたのだ。それをすげなく追い払いたくはなかったし、ここで彼を帰してしまえば、次の機会はなかなか訪れないのではないかと思った。

ブランは待てと言われれば、よしと言われるまで待てるタイプ。きっと私がＯＫを出さない限り、大人しくしている。

それなら誘ってくれている今のうちに頷いてしまう方が良いかと思った。

自分から「抱いていいよ」なんて言いたくないし。

「――わ、分かった」

はっきり返事をしたかったのに、実際は蚊の鳴くような声で言うのが精一杯だった。

だって恥ずかしい。

だけどブランには私の返事が聞こえていたようで、パアッと顔を明るくさせた。

「良いの？」

「……う、うん」

「どういう意味かちゃんと分かってる？」

「わ、分かってるってば！」

確認してくるブランに、思わず言い返す。

顔を真っ赤にする私を見て、ブランは「本当だ。分かってくれてる」と嬉しそうに言った。

ブランが私の手を握り、寝室の方へと向かう。ドキドキしながらも逆らわず、素直に着いて行った。

寝室に入り、ベッドの前に立つ。

顔を赤くしたまま、だけども逃げようとしない私の頬をブランは優しく撫《な》でた。

「本当に、いいんだ」

「う、ん」

「リン。君を抱くよ」

「……うん」

「泣いても止めてあげられないと思うけど、いい？」

そこは泣いたら止めると言ってくれるところではないかと思いつつも答えた。

「……初めては痛いって聞いてるから泣くかもしれない。でも、大丈夫。できるだけ優しくしてくれると嬉しいけど」

「もちろん。最大限に優しくするよ」

彼の青い目が優しく細められる。その目を見て、私は再度覚悟を決めた。

◇◇◇

ぎしりと軋《きし》むような音がベッドから聞こえる。

ブランに押し倒された私は、ドキドキしながらも彼を見上げた。

私の視線に気づいたブランが首を傾げる。

「何？」

「ううん。ただ、ブランは緊張しないのかなって……」

初めての行為なのだ。私はずっと緊張して今にも死にそうな心地だが、ブランは平常運転のように見えた。

「まさか。部屋に来る前からずっとドキドキしてるよ。今だって、心臓はバクバクしているし、倒れていないのが不思議なくらいだと思う」

「え……全然見えない」

微笑むブランはいつも通りに見える。今、聞いても、とてもではないが緊張しているようには見えなかった。

「虚勢を張ってるからね。やっぱり好きな人には情けないところを見せたくないんだよ。……泣いているところを見せてしまって今更とは思うけど」

「……ブランを情けないなんて思ったことない」

彼が泣いた時は確かに驚いたけど、あれはどちらかというと、そんな顔をさせてしまった自分に嫌悪しただけで、彼に対して情けないなどとは思わなかった。

求婚に応えた時もそうだ。彼の涙を綺麗だと思いこそすれ、情けないなんて露ほども感じない。

「そう？　それは嬉しいな」

「ブランはいつも格好良いって思ってるわ」

私には勿体《もったい》ない自慢の恋人……いや、婚約者だ。

ブランに向かって手を伸ばす。彼は私の手を握り、ゆっくりと覆《おお》い被《かぶ》さってきた。

「……いい？」

「いいって言ってるのに」

「何度でも聞きたいんだ。……ここまできて君に拒絶されたらショックで倒れてしまいそうだから」

「大丈夫。拒絶したりしないから」

弱気な発言が愛《いと》おしい。

ブランがゆっくりと唇を重ねてくる。それを、目を瞑って受け入れた。

柔らかい唇の感触は心地良いもので、時折呼気を感じて擽ったい。

「んっ……」

ブランの手が身体に触れた。多分、腰紐《こしひも》をはずそうとしたのだろう。

だけど初めてのことに驚き、過剰なまでに反応してしまった。

「……あ、嫌？」

「ううん、違うの……ちょっと、驚いただけ」

慌てて首を横に振る。

嫌悪は微塵《みじん》も感じなかった。本当にただ、吃驚《びっくり》しただけなのだ。

ブランがホッとしたように行為を再開させる。ちょっとだけ、しまったなあと思った。

もっと可愛いナイトウェアを着ていれば良かったと後悔したのだ。

クローゼットの中にはフリルがたくさんついた可愛いナイトウェアがいくつか入っていて、いつか着たいなと思っていたから。

——でも、脱がせやすいから良いのかな。

私が着ているのはボタン式のネグリジェみたいなものだ。色は水色で、透けない素材。

「……脱がせるね」

「……う、うん」

返事をすると、ブランがネグリジェのボタンを外していく。あっという間に脱がされてしまった。

一応、下着は着けているけど恥ずかしい。

「リン……可愛い」

うっとりと呟かれ、羞恥でギュッと目を瞑った。

ブランの手が直接肌に触れる。熱い感触は心地よいもので、私はほうっと息を吐いた。

そんな私にブランが聞いてくる。

「下着も脱がせていい？」

「い、いいです……」

顔を真っ赤にさせながらも頷くと、ブランは丁寧な手つきで下着を脱がせた。

私もちょっとだけ腰を浮かせ、協力する。

上下ともに脱がされ、生まれたままの姿になった。

ブランに見られているのが恥ずかしい。

ブランの視線を感じて堪らなくなった私は、彼から逃げるように目を逸らした。

「大丈夫。綺麗だから、恥ずかしがらないでよ」

「……無理。だって恥ずかしいものは恥ずかしいし」

「すぐに気にならなくなるよ。……私も脱ぐね」

「……」

衣擦《きぬず》れの音がする。気になりそちらを見ると、ブランがナイトガウンを脱ぎ捨てているところだった。

「っ……」

引き締まった身体に見蕩れる。女性とは違う広い肩幅に平らな胸。筋肉のついた腕に視線がいった。

風呂の介助をした時にも見た身体。だけど今はあの時より艶《なま》めかしく思える。

「……綺麗」

「綺麗なのは君だよ。さ、私に君を愛させて」

「……うん」

小さく頷く。ブランが私の上にのしかかってくる。

互いに裸になったことで、いよいよという気がした。彼の顔が近づいてくる。キスをされるのだと気づき、目を閉じた。

「んっ……」

今度のキスは触れるだけのものではなかった。

彼の舌が唇を割り開き、口腔《こうこう》に侵入してきたのだ。驚きはしたものの、招くように口を開く。

舌が絡み付いてきたので、私もできる限りで応えた。

「んっ、んっ……」

ブランの舌はまるで生き物のように動いた。舌に絡み付くだけでなく、歯列をなぞり、頬の裏側や上顎を擦る。それがゾクゾクするほど気持ち良い。

「んっ……」

深いキスに夢中になる。彼の舌の動きは巧みで、だんだん頭がぼんやりとしてきた。

喉の奥に唾液が溜まっている。特に何も考えず、コクンと飲み干した。

目を開ける。

青い瞳が私をじっと見つめていた。

「リン」

「ブラン？　どうしたの？」

「ううん。リンのことが好きだなって思って見ていただけ」

いつもよりも少し低い声。だけどその声には熱が籠もっていた。

ブランがもう一度唇を寄せてくる。それと同時に手が脇腹をすっと撫《な》で上げ、胸に触れた。

「んんっ……」

ビクン、と肩を震わせる。

ブランは舌を絡ませる濃厚な口づけをしながら、胸の形を確かめるように手を動かした。

胸の頂《いただき》に指が掠《かす》る。

「っ……！」

敏感な場所に触れられ、身体が跳ねた。

私の反応を見たブランは、胸の先から手を離すと、乳房全体を揉みしだく。

「んっ……ブラン……」

胸の先に触れられた時ほどではないが、じんわりとした快感があった。

はあ、と甘い息を零す。

ブランが、今度は意図的に胸の蕾《つぼみ》に触れた。

何故か、お腹にダイレクトに響く。

「んっ、んんっ……」

「可愛い……ここ、食べていいかな。いいよね。食べてって可愛く膨らんでるし」

「あんっ……」

ぱくりと先端に吸い付かれ、強請《ねだ》るような声が出た。ギュッと腹の奥が何かを食い締めるように蠢《うごめ》く。そこからとろりとした液体が生まれ、蜜口へと流れていった。

「あっ……」

蜜口からとろとろと蜜が溢れていることに気づいてしまい、酷く恥ずかしい。

乳首を口に含んだブランが、ジュッと力を込めて先端を啜《すす》る。途端、痺れるような快感が私を襲い、また新たな蜜が流れ落ちていった。

ブランは何度となく胸の先端を吸い立て、舌で嬲《なぶ》った。そのせいで胸の先はすっかり尖《とが》り、真っ赤になってしまっている。

その尖りにブランは舌を這《は》わせて、捏《こ》ねくり回す。

「はあ……ああっ……ブラン……も……しつこい……」

いつまで経っても胸への愛撫《あいぶ》を止めないブランに、いやいやと首を横に振ってアピールする。

乳首を舌で転がしていたブランは、顔を上げ、私を見た。

「ごめん。でも、リンの反応が可愛くてつい……」

「んっ……」

「ほら」

ツン、と舌先で乳首を押され、甘ったるい声が出た。

他人に胸を弄《いじ》られるのがこんなにも気持ち良いことだなんて知らなかった。昔、自分で少し触ってみた時は、なんとも思わなかったのに。

「はあ……ああ……」

「リンって、すごく胸が感じるみたいだね。そのうち、胸への刺激だけでイけるようになりそう」

「イけ……なに？」

与えられる刺激の方に気がいって、ブランの言葉が耳に入ってこない。

息を乱しながらも彼を見ると、ブランは「なんでもない」と笑った。

「リンが可愛いからいつまでもここを虐めてあげたくなるんだけど、今日はそろそろ止めておくよ。

――もっと、触ってあげなければいけないところがあるからね」

「あっ……」

ブランの手が、すっかり力の抜けた下半身へと伸びる。

蜜口に指が触れ、身体が逃げるように動いた。

「逃げないで。……ああ、よく濡れているね。良かった」

「い、言わないでよ……」

ホッとしたように言われたが、こちらとしては恥ずかしくて堪らない。

ブランは濡れそぼった蜜口に指を滑らせた。

ギュッと目を瞑る。

二枚の花弁を優しく開かれた。中に指が潜り込んでくる。

「ん……」

「痛かったら言って。これだけ濡れていれば多分、大丈夫だと思うけど」

「へ、平気……」

「やっぱり狭いな……」

「んんっ」

指が体内に入り込んでくる未知の感触に身体が強《こわ》ばる。力を抜いた方が良いのは分かっていたが、どうしたって緊張してしまうのだ。

「リン、力を抜いて。指でこれじゃあ、私のモノなんて入らないよ。ほら、ゆっくりでいいから」

「う、うん……」

『私のモノ』と言われ、チラリと彼の股の間を見てしまった。

腹まで反り返っている肉棒が目に入り、息を呑む。

肉棒は大きく膨らみ、鞘《さや》は筋張っていた。大きくえぐれたカリ首の部分が凶器のように感じる。

指とは比較にもならない大きなものを見てしまい、不安になった。

——こ、これが本当に私の中に入るの？

とてもではないが信じられない。

私が見ていたものに気づいたブランが安心させるように言う。

「大丈夫だよ。ちゃんと入るから。だからまずは私の指を受け入れて。ほら、もう一本入るよ」

人差し指に続き、中指が蜜口の中に侵入してきた。二本の指は膣《ちつ》孔を広げるように動く。

それに反発するかのように、膣壁が指を締め付けた。

「んっ……」

「だから締めすぎだって。ここ、気持ち良い？」

膣壁を指がトントンと叩く。とある一点を突かれた瞬間、突き抜けるような快感が走った。

「あっ、や、あっ、そこ、駄目……！」

気持ち良すぎて、押されるたび、指をキュウキュウに締め付けてしまう。

「あっ、あっ、あっ……」

「リンの良いところ見つけた。ここ、いっぱい気持ち良くさせてあげる」

「ひあんっ！」

自分の口から聞いていられないようないやらしい声が上がる。

気持ち良い場所を丹念に刺激され、そのたびに愛液が生み出される。ブランが指を動かすたび、水音が響き、如何に私が感じているのかを彼に教えてしまっていた。

「ああっ、ああっ……」

快感が溢れすぎて、頭がグラグラする。お腹の中が気持ち悪い。

何かに追い立てられるような感覚が全身に広がっていく。

「も、駄目……あ、あ、あ……」

何かが来る。

それに逆らうように、身体を捩《ねじ》る。

この先に行くのが怖いという気持ちがあった。だが、ブランは許さない。

「駄目。逃げないで。そのまま気持ち良いのに身を任せて。そうしたらもっと気持ち良くなれるから。ほら、もっとここ、触ってあげるね」

「ひっ、や……もう……そこ、駄目なのっ……」

ギュッギュッと中からピンポイントで感じる場所を押され、下腹が熱くなる。

尿意にも似た感覚が私を包んだ。

「や、やだ……あ、あ、あ……」

腹に溜まっていた何かが勢いよく迫《せ》り上《あ》がっていく。それは新たな快感となり、私を更に追い詰めた。

「あ、あ、あ、あ、あ、あ……」

「イって。リン」

とどめだとばかりに、同じ場所を強く押され、溜まり溜まっていたものが大きく弾けた。

ぶわりと身体が浮き上がるような感覚。ついでやってきたのは、とんでもない量の快楽だった。

「あああああ‼」

ビクビクンと全身が痙攣《けいれん》する。

ピュッピュッと蜜口からは透明な液が噴き出していた。

「はあ……はあ……」

ドッと汗が噴き出ている。まるで全力疾走したあとのような疲労感があった。

身体に力が入らない。ぐったりとする私にブランが愛おしげに口づけてくる。

「すごく可愛かった。リンはあんな可愛い顔をして達するんだね」

「……」

「でも、こんな顔見せられたら我慢なんてできないから。――もう、挿入していいよね？」

「あ……」

力の入らない私の足を、ブランが抱える。大きく足を広げられ、M字開脚のような体勢を取らされた。

「ブ、ブラン……」

「好きだよ、リン。私を受け入れてくれるよね？」

そう告げるブランの目には欲望の炎が揺らめいていた。熱い眼差《まなざ》しに貫かれ、心臓が跳ねる。

「君を私だけのものにしたいんだ」

「あ……」

私の足を抱えたブランが、肉棒を蜜口へと持っていく。

丹念に愛撫された蜜口は緩く開いており、鈴口がピタリと押しつけられた。

熱い粘膜の感触は生々しく、今から彼に抱かれるのだと否《いや》が応《おう》でも理解してしまう。

「ブ、ブラン……」

「いいかな？　ね、いいって言ってよ」

懇願するようにブランが私を見る。ぬちゃりというやらしい音を立て、亀頭が少し蜜口へと沈んだ。

このまま彼が腰を進ませれば、間違いなく肉棒は中へと入っていくだろう。

それを止めようとは思わなかった。

むしろ期待のようなものが全身を包んでいて、腹の奥なんかは早く寄越せと訴えていたくらいだ。

だけど私は知っている。

きっとブランは、言わないと動いてくれない。

彼は、私が嫌がることをしないから。意思を尊重してくれる人だから。

でも、そんな彼であるからこそ、私はブランを愛しているのだ。

だから私は口を開いた。

愛する人に、この先に進む許可を出すために。

「いい、よ。来て、ブラン」

ブランになら、全部明け渡しても構わない。

正直、彼の大きなものを受け入れるのは怖いけど、でも、彼がそうしたいと望むのなら、与えるのは吝《やぶさ》かではないと思った。

手を伸ばすと、ブランが上半身を倒してくる。その背中を抱きしめた。

「好き」

「私もだよ。リン、愛してる」

「っ……！」

大きな質量が体内へと侵入してきた。力強く中を押し広げていく。

「痛……っ……」

思わずブランの背中に爪を立てる。

ブランが顔を歪めたのを見て、慌てて謝った。

「っ、ごめんなさいっ」

「……いいよ。君の方が痛いんだから。それでマシになるのならいくらでも爪を立てて」

「で、でも……」

「君に跡を残してもらえるなんて、ご褒美のようなものだから。ね、気にしなくて良い」

「……うん……あぁっ……」

ぴりっと切れるような痛みを感じた。再度ブランに抱きつく。

狭い場所を無理やりこじ開けられていく感覚が辛かった。何も受け入れたことのない場所を切り開かれるのだ。そんなの痛いに決まっている。

「んっ……んんっ……」

必死に痛みと闘っていると、ブランが口づけてきた。最初から舌を絡める濃厚なキスに戸惑いながらも応える。

互いの舌を擦りつけ合い、唾液を呑み込む。そうしながらもブランは腰の動きを止めなかった。

確実に奥へと進んでいく。

それを感じながらも、私は彼と舌先を擦りつけ合い続けた。キスをしていると、少しだけ痛みがマシになるような気がしたからだ。

「はっ、あっ……んんっ……」

時折どうしても痛みによる声が出る。ブランが胸に手を伸ばした。乳首をキュッと抓る。

「あぁっ……！」

「こっちも気持ち良くしてあげる。少しは痛みがマシになるといいけど」

「ひゃっ、あっ、あっ……ああんっ」

指で硬くなった先端を捏ねくり回され、甘ったるい声が出る。自然と力が抜けた。ブランが勢いよく腰を押しつける。

「あああっ」

「可愛い……好きだよ」

「ひあんっ」

指の腹で乳首を転がされる。気持ち良くて堪らない。腹の奥がキュウッと締まり、うねった肉襞が屹立《きつりつ》を奥へと招き始めた。

「あっ、あっ……」

「中の動きが変わった。……一番奥まで挿《い》れるね」

「ああっ」

肉棒が容赦なく最奥へと叩き込まれる。お腹の奥が押し上げられたような感覚にビクビクと震えた。

ブランがはあっと息を吐く。

「ん……奥まで入ったよ」

「あっ……」

最奥に亀頭が触れた感覚につられて、変な声が出る。ジクジクとした痛みは続いていたが、我慢できないほどのものではなかった。

ブランの動きが止まり、ようやくひと息吐けたと思った。

蜜道を埋め尽くした肉棒がどくんと大きく脈打つ。

「ひゃっ……!?」

彼のモノが膣内で強く主張しているのが分かる。それを喜ぶかのように肉襞が絡み付いていた。

熱い肉棒は心地良く、無自覚にキュウッと締め付けてしまう。

ブランが感に堪えないという声で言った。

「嬉しい。ようやくリンが私のものになった」

「……ブラン」

「君を好きになってから、ずっとこうしたかったんだ。本当に嬉しいよ」

そう告げるブランの表情は極まっており、目は赤く潤んでいた。

「――好きだ。本当に好きなんだ。私の特別は君だけ」

「……私もブランが好き」

手を伸ばし、彼の目元に触れる。

私も彼とひとつになれて嬉しかった。好きな人に求められる幸せに陶然となる。

思わず、下腹に力を込めてしまった。

「リン、締めすぎ」

身体を起こしたブランが、眉を寄せる。

「あ、ごめんなさい」

「良いけど、リンの中があまりにも気持ち良くって我慢できないんだ……。ねえ、リン。まだ痛みがあることは十分分かっているけど、少し動いても構わないかな」

「もちろん」

尋ねられ、頷いた。嫌だなんて思うはずがない。むしろ今はこの先にあるものを早く知りたくて堪らなかった。

「ありがとう」

「あっ……」

ブランが膝裏を抱え、ゆっくりと抽送を始める。中で存在感を主張するだけだった屹立が蜜孔を刺激し始めた。

「んっ……あっ……ひゃっ」

甘い声が上がる。

膣壁を擦られているだけのはずなのに、それをされるたび、ゾクゾクとした愉悦が湧き起こる。

「やっ、あっ……」

ブランが腰を引くだけで、甘い刺激が私を襲う。深く突き入れられればビクビクと身体が分かりやすく跳ね、襞肉は肉棒を離すものかと蠢いた。

「あっ、あっ……！」

気持ち良い。

全身を癖になりそうな快楽が包んでいた。痛みは遠くに消え、あるのは涙が出そうな気持ち良さだけ。

私の反応を見たブランが、腰の動きを速める。鈴口が膣奥に触れる。最初は気持ち良いとも思わなかったその場所が、どんどん快いものとなっていった。

ブランも心地よさげに息を吐く。

「ああ、すごい……気持ち良い。中、締め付けてくる……」

「ああっ、ああっ！」

肌を叩きつける音が寝室に響く。ブランは私の足を抱え直し、更に腰の動きを激しくさせた。

最早遠慮も何もない。だけどそれが私には気持ち良くて、彼を煽るように喘《あえ》いでしまう。

「ひゃっ、あっ、それ、気持ちいいの……」

「奥、突かれて気持ちいいの？」

「うん……あっ、んんっ……！」

押し回されるような動きが馬鹿になりそうなくらいに気持ち良い。

ブランは鈴口を押しつけながら膣奥を刺激したり、細かいピストン運動で私をヒンヒン喘がせたりしながら、肉棒を何度も往復させた。

気のせいか肉棒は最初よりも大きくなっていて、抽送されると淫唇に擦れ、更に気持ちいい。

「ああ……ああっ……」

「リン、どんどん濡れてきてる。中がすっかり解《ほぐ》れたね。足を広げて私に好き放題突かれて可愛く啼《な》いて……ああ、もう堪らない。全部、私のものだ」

「ひあっ……やあんっ」

ガツガツ突かれて、軽くイってしまう。肉棒を出し入れされながら、胸を揉まれれば心地良いばかりで、乳首を抓られると、悦《よろこ》びでお腹をキュッと締め付けてしまった。

「ああんっ」

「可愛い……胸、気持ち良いんだね。もっとしてあげる」

「あっ、胸……吸っちゃ……」

ブランが上半身を倒し、尖った胸の先を吸う。もちろんその間も腰の動きは止まらない。

パチュパチュと肉棒を奥へと打ちつけながら、舌で乳首を転がした。

「あっ、あっ、気持ち良い、気持ち良いの……！」

ブランから与えられる刺激が全て心地良い。

随喜の涙を流し善がる私に、ブランがうっとりとしながら言う。

「私もすごく気持ち良いよ。……ああもう、君の中が良すぎてイきそう……」

「私も……私ももう駄目……！」

さっき軽くイったばかりだというのにもかかわらず、もう身体は絶頂を訴えている。

「リン……」

「何？」

ブランが私を見つめている。返事をすると、彼は私から目を逸らさず口を開いた。

「……君の中に出してもいい？」

「……あ」

その言葉に目を見開く。

「君を愛しているからこそ、この先に続くものがほしいんだ。……いいかな？」

「……うん」

子供が欲しいのだと言われ、頷いた。

ブランとは結婚すると決めたのだ。彼が欲しいと言うのなら、与える用意はちゃんとある。

この行為の果てに何があるのかなんて、彼の求めに頷いた時から分かっていた。

「……いいよ。来て」

「ありがとう、嬉しい」

私の言葉を聞いたブランが腰の動かし方を変える。

単純なピストン運動。だけど今の私には何よりも気持ち良く、私は無意識に己の足を彼に絡めた。

「あっ、あっ、あっ……」

収まっていた劣情が再び刺激される。ブランは激しく肉棒を奥へと叩きつけ、やがてぶるりと身体を震わせた。

「……んっ」

「っ‼」

声すら出ない激しい絶頂の波に襲われる。

頭の中が弾けるような感覚に身を任せた。ビクビクと全身が痙攣している。

子宮が切なく痺れ、そこに熱い滴りが流し込まれた。

「あっ……」

ビュッビュッと何度かに分けて、白濁が注がれる。

「ブラン……」

絶頂の余韻で身体は弛緩《しかん》している。最後の一滴まで私の中へと注ぎ込んでいたブランが顔を上げ、私を見た。

「リン」

「私、ブランのこと愛している」

「私もだよ。リンを、君だけを愛してる」

「私たち、結婚するのよね?」

「もちろん。嫌だと言われても、もう逃がさないから」

「言うわけないじゃない」

むしろ嬉しいとしか思わない。

ブランの身体を抱きしめる。

腹の中はいまだ温かいものに満ちていたし、なんだか肉棒がむくむくと大きくなっている気がしたが、それには気づかないことにした。

第五章　悪魔憑き

結婚のふれは、予定通り次の日に出された。

挙式は一年後。

それを今の私は素直に楽しみだと思える。

ブランとの関係も良好だ。

今の私たちは誰が見ても、蜜月を楽しむ恋人同士にしか見えないだろう。実際その通りだと思うけど。

国王夫妻とも面会した。

今までは婚約の件がはっきりしていなかったこともあり、ブランが後にしてほしいと引き延ばしてくれていたのだ。

結婚すると決めたことで私も憂いなく彼らと会うことができた。

国王はブランが年を取ったらこうなるのかと思うような外見で、金髪碧眼というあたりも同じだった。

王妃も楚々《そそ》とした美人で、来た世界こそ違えども、同じ異世界人なのだから困ったことがあれば、なんでも相談してほしいと言ってくれた。

ふたりとも優しい人だった。だけどブランから聞いていた通り、ノワールについては悪魔憑きになると信じきっているようで「良い子だけど、あまり近づかない方がいい」と言われてしまった。

曖昧に濁しておいたが、正直私もあまり気分は良くなかった。

ブランなんかははっきり怒りの感情を露わにしていたけれど。

とにかくそんな感じで、国王夫妻との面会は終わった。

そういえば彼と最後の一線を越えたことで、当たり前だが更に距離は縮まった。

身体を重ねる頻度もかなりあって、それが私の最近の悩みだ。

実は、彼はとても性に貪欲な人だったのだ。

一度身体を許したことで箍《たが》が外れたのか、ほぼ毎日の如く抱かれるようになっているのはさすがにどうかと思う。まあ、嫌ではないのだけれど。

結局受け入れてしまっているあたり、私も大概彼のことが好きなのだろう。

ふれを出してひと月ほどが経つが、こんな感じで仲はかなり良好だと言える。

そういえばせっかく用意してもらった世話係の仕事だったが、彼との結婚が正式に決まったことで、それをすることはなくなった。

王太子妃となる女が女官の真似事《まねごと》をするなど許されないと、女官長であるメイリンが主張したからだ。

とはいえ、仕事とは関係なく、風呂の介助だけは続けてほしいと頼まれたけれど。

時々でも構わないからと泣きつかれたので引き受けたが、安請け合いするのではなかったと今は後悔している。

◇◇◇

「はあ……」

ため息が零れる。

先ほどメイリンから、今日のお妃教育が終わったら、ブランのお風呂の介助をお願いしたいと頼まれたのだ。

覚悟はしていたが、もう少し先の話かと思ったのに早すぎる。

ブランも期待しているし、やると言ったことは覚えているので頷いたが、今からお風呂の時間が憂鬱だった。

「だって、ブランってエッチなんだもの」

絶対に風呂場であれこれされるに決まっている。きっとお風呂どころではなくなるだろう。

そして悲しいことに、私はそんな彼を拒絶できないのだ。

だって、ブランのことが好きだから。

まるで未来が見えるようだと思いつつ、お妃教育をする場所へ向かう。

お妃教育。

ブランに嫁ぐことが決まってから、必要だろうとカリキュラムが組まれたのだけれど、それはなかなかにハードなものだった。

私も何もできないのは嫌だから頑張ってはいるが、歴史や政治、音楽など、やらなければならないことが多岐に亘《わた》り、正直てんてこ舞いなのだ。

今日のカリキュラムは社交ダンス。社交界に出る必要のある王侯貴族には必須の科目だ。

集合場所であるレッスン場へ向かう。

レッスン場の前には教師役の女性と何故かブランがいて、私に向かって手を振っていた。慌ててその側に駆け寄る。

「どうしてブランがいるの？」

心底不思議だったが、ブランはにっこりと笑って言った。

「今日のお妃教育って社交ダンスでしょう？　それなら相手役がいると思ってね。あ、ダンスの経験はある？」

「ええ、あると言えばあるけど」

言い方が曖昧になるのは許してほしい。

祖父母の意向により、社交ダンスに舞踊、生け花や書道に茶道など、上流階級に必要と思われるものは一通りマスターしているが、ここは異世界だ。

私の知っているものとは違う可能性の方が高い。

「私の知る社交ダンスと同じものなら、大丈夫だと思うわ」

正直に告げると、ブランは頷いた。

「分かった。じゃあその辺りを確認しながらやろう。そのうち君にも夜会に出てもらうことになるからね」

「夜会……そう、そうね。頑張らないと」

お城があって、普段からドレスを着る文化であるのなら、夜会はある意味当然だ。

大いに納得して頷いていると、ブランが部屋の扉を開けながら言った。

「たとえ練習でも君と踊れるのは嬉しいよ。楽しみだな」

「……無様な姿を晒さないように頑張るわね」

どこまで日本で得た知識が役に立つかは分からないが、こうなればやってみるしかない。

硬い顔をする私とは逆に、ブランは気軽に「足を踏んでも気にしないから気楽にやってよ」と笑って言った。

◇◇◇

練習用のダンスホールには衣装室があり、まずはそこで着替えることになった。

練習着として用意されたものは、いつもとは違って装飾の殆どないシンプルなドレスで、だけども裾が綺麗に広がる形になっていた。

着替えを済ませ、ダンスホールに戻る。ホール内にはすでに音楽が流れていた。録音してあるものを再生しているようだ。

ブランはきちんとクラヴァットを締め、ロングジャケットを着ていた。

「練習とはいえ、君と踊るんだ。それなりの格好はしないとね」

「……嬉しいと思えるはずの言葉なのに全く響かないのは、きっとそのクラヴァットのせいね。綺麗に整えられたクラヴァットを見ると殺意が湧くわ」

「……あのね」

ブランは呆《あき》れ顔《がお》だったが、当然ではないだろうか。

私のプライドを木っ端微塵《みじん》にしてくれたクラヴァット。その恨みは数ヶ月程度で消えるものではないのだ。

「怖い目で睨まないでよ」

「睨んでいるのはブランではないわ。クラヴァットよ」

「……私が睨まれているように思えるんだよ。仇《かたき》でも発見したかのような顔をしている自覚はある？」

「あるに決まってるじゃない。殺意が湧くって言ったでしょ」

「はいはい。その殺意は今はしまって。ダンスの相手をしてくれるんでしょう？」

優雅な仕草でブランが手を差し出して来る。

仕方なく気持ちを切り替え、彼の手を取った。教師役の女性は少し離れた場所から私たちの様子を見ている。

私がどれくらい踊れるかを調べるつもりなのだろう。

「まずはワルツだけど、踊れる？」

「私の知っているものならば」

「うん。じゃあ試してみよう」

ブランのエスコートで踊り始める。幸いなことにダンスは殆ど日本で習ったものと変わらなかった。

もちろん多少の違いはあるが、簡単に修正できる程度のもの。

ブランが感心したように言った。

「すごいね。これなら十分すぎるほどだよ。君がこんなに踊れるなんて知らなかったな」

「祖父母が教育熱心だったお陰ね。私もまさかこんなところで役に立つとは思わなかったわ」

ダンスは基礎がきちんとできているかが重要なのだ。

その部分が同じであれば、どうにでもなる。

ブランからお世辞ではない声音で褒められ、安堵からくる笑みを浮かべた。

何曲か踊り、細部を確認していく。すぐにこちらの踊り方にも慣れ、あとは楽しい時間が続いた。

「あー、楽しかった」

ダンスを終え、はーっと息を吐く。

教師役の女性にも教えることはないと褒められたし、とても気分が良い。

「お疲れ様」

少し席を外していたブランが、タオルと飲み物を持って現れた。

「素晴らしいステップだったよ。喉は渇いていない？　あっさりしたレモン水だから飲みやすいと思うよ」

「いただくわ、ありがとう」

お礼を言い、タオルと飲み物を受け取った。軽く掻いた汗を拭き取り、レモン水を飲む。

酸味のあるレモン水は喉に優しく、あっという間に飲み干した。

「美味しい」

「良かったらお代わりもあるけど」

「大丈夫。……でも汗が気持ち悪いわね」

タオルで拭ってもべたついた感覚が消えない。

眉を寄せるとブランは、パッと顔を明るくした。

「うん、じゃあお風呂だね！」

「……」

待ってましたと言わんばかりの彼をじっと見つめる。彼は「何？」と首を傾げた。

「え、今日はお風呂の介助をしてくれるんだよね？」

「……そうだけど」

「汗を掻いたあとのお風呂って最高だと思うんだよ。ということで、行こう。今すぐ行こう」

「……」

「今日のお妃教育も終わったし良いよね！」

声が弾んでいる。

そのあまりにも嬉しそうな様子に折れた私は、素直に浴室へと向かうことを決めた。

◇◇◇

「ちょ……ちょっと、ブラン。駄目だって」

「えー、何が駄目？」

「何もかもだって……やんっ」

やっぱりこうなった。

シャワーからお湯が出る音がする。それは勢いよく私たちへと降り注いだ。介助用の服がお湯を吸い、重くなっていく。

ブランに後ろから抱《だ》き竦《すく》められた私は、長く形の良い指から与えられる甘い刺激に声を上げた。

一体何がどうなってこうなったのか。

汗を掻いたと言っても、一緒に入るわけではない。先にブランの入浴を済ませようと準備を終えた私は彼を呼んだのだけれど、やはりと言おうか、予想通りの展開になってしまった。

シャワーを持ち、温度を確かめている私をブランがあっさりと捕まえる。そしてお湯が出しっぱなしなことも気にせず、ここぞとばかりにキスをし、身体に触れ始めた。

「んっ、んっ……」

くぐもった声が浴室に響く。

ブランが私からシャワーを奪い、シャワーフックに引っ掛ける。

その間もお湯は勢いよく出ていて、私たちを濡らしていった。服が肌に張り付くのが気持ち悪い。入浴する予定だったブランは裸だからいいかもしれないが、こちらは堪ったものではなかった。

「リン……」

ブランの手が悪戯《いたずら》に動く。服が濡れているので、触れられた時の感覚がいつもと違った。

ブランはスカートをたくし上げると、下着の上から遠慮なく蜜口に触れた。

「ひゃんっ」

「可愛い。いいでしょ。一回、お風呂場でしてみたかったんだ」

「もう、やっぱり……嫌な予感、的中じゃない」

「予想してたって？　ならなおさら構わないでしょ。期待には応えないとね」

「ちょっと……んっ」

ブランが下着の隙間から指を差し込み、淫唇の中へと潜り込ませる。そこはまだ十分に濡れていなかったが、痛みなどは感じなかった。

「ブランッ……」

「恋人同士だからこそできる睦《むつ》み合いだよね。あー……堪《たま》らない。濡れた服の感じもエッチでいいな。……癖になりそう」

「もう……んんっ」

くちゅりと中を掻《か》き回され、腰が震えた。

指の動きがどんどん激しくなっていく。温かいお湯がザアザアと流れる音が、どこか遠い場所の出来事のように感じた。

ブランが欲の滲んだ声で囁く。

「ね、挿れていい？」

「あ……」

「お願い。もう我慢の限界なんだよ。君を感じたい。駄目？」

「わ、分かった……」

ふるふると震えながらも頷く。

ブランに弄られたせいで身体はすっかりこの先を期待しているのだ。今更『なし』と言われた方がキツイことは分かっていた。

ブランが嬉しそうに言う。

「良かった。じゃ、壁に手を突いてくれる？」

「……こう？」

言われた通り、浴室の壁に手を突く。

いまだ、シャワーは止まらない。お湯は流れ落ち、私たちを濡らしていく。

今止めると、逆に身体が冷えてしまうのだろう。それは分かるが、シャワーでずぶ濡れになりながら、こんなことをしている現実が信じられなかった。

ブランはお湯で張り付いた服をたくし上げると、下着の隙間から強引に肉棒を突き入れた。

「あああああっ！」

普段とは違う姿勢だからか、感じ方が変わる。

後ろから熱い肉棒に身体を貫かれ、一瞬呼吸が止まった。

「はっ……あっ……ああっ……」

「うわ……キツイ……」

壁に手を突いたブランが、はあ、と息を吐き出す。腰を少し引き、強く奥へと打ちつけ始めた。

「あっ……んっ、んんっ！」

ゾクゾクとした快感が背中を駆け上がってくる。

屹立が柔穴を抉《えぐ》る。

蜜路は歓迎するように肉棒を咥《くわ》え込み、更なる奥へと誘った。

「んっ、あっ、ああっ……」

濡れているせいで髪がべったりと肌に張り付いている。心なしか、腰を打ちつける音がいつもより鈍いような気がした。

浴室はもくもくと湯気で白くなっており、段々暑くなってくる。

「はあ……ああ……ああ」

「ああ、気持ち良いな」

ブランが肉棒を抽送させるたび、腹の奥が燃えたぎるように熱くなった。

最大限まで膨らんだ男根が、蜜孔を己の形に押し広げる。

ふたりの声にならない声と、肌と肌がぶつかる音、そしてシャワーから流れるお湯の音が響いている。

「……くっ」

やがてブランが私の中に精を放ち、腰の動きを止めた。

白液が流し込まれる感触に甘い声を上げてしまう。

「……ああんっ」

ブランが肉棒をずるりと引き抜く。抗いがたい快感が走り、また気持ち良くなってしまった。

くらり、と身体がよろける。

湯気に当てられたのだろう。その場に頽《くずお》れそうになった私をブランが抱き留めた。

「大丈夫？」

「……ブラン。うん、平気」

視線が合う。ごく自然にキスを交わした。

「愛してるよ、リン。すごく気持ち良かった。付き合ってくれてありがとう」

「……良いけど、もう、お風呂場ではしたくないわ。さすがにこれはキツイから」

いまだザアザアと流れるお湯に打たれながらブランに文句を言う。

びしょ濡れの互いの姿を見たブランは苦笑し「次はもうちょっとシチュエーションを考える」と答えにならない答えを返してきた。

◇◇◇

「あれは……恥ずかしかったわ」

次の日、私は昨日の出来事を思い出しながら、ひとり顔を赤くしていた。

予想はできていたとはいえ、お風呂場でのエッチ。あのあと、身体を冷やすのもよくないと結局一緒にお湯に浸《つ》かることとなったのだけれど、そこでもブランは悪戯を仕掛けてきた。

甘い恋人たちの戯れとしか思えないそれは、私も嫌ではなかったのだけれど、思い返すと恥ずかしいばかりだ。

「た、爛《ただ》れている……」

頭を抱えたくなるも、結局ブランを諫《いさ》め切れていない時点で、自業自得の面が強い。

私はため息を吐き、周囲を見回した。

「あと一時間くらいかなあ」

ブランは今、会議中なのだ。邪魔をしたくないので、彼が仕事を終わらせるまでの間、庭の散策に励もうと思っていた。

今日はアフタヌーンティーを一緒にしようと約束をしているのだ。

お茶の時間までには終わらせると言っていたので、それまでの時間つぶしのつもりで出てきた。

ブランはかなり優秀な人で、その気になれば仕事を早めに終わらせることも簡単にできる。

「……薔薇の花が綺麗」

庭園の花は、ちょうど薔薇が見頃になっていた。

夢見の庭は年中薔薇が咲き誇る不思議な場所だが、他の庭は違う。

普通の庭なので、ちゃんと季節ごとの花が咲く。

色とりどりの薔薇を見る。こちらの薔薇は夢見の庭に咲くものとは違って現実感があるなと思った。

なんというか、向こうに咲く薔薇は美しいが、どこか非現実的なのだ。触れば消えてしまうのではないかと思わせる儚《はかな》さがある。

「アフタヌーンティー、楽しみだなあ」

今日のアフタヌーンティーは、レモンとグレープフルーツをテーマにしたものが用意されると、料理長直々に聞いている。どちらも私好みで、話を聞いた時から楽しみにしていたのだ。

グレープフルーツが使われたグラタンが出るという話もあったがどんな味なのだろう。まだ時間まで少しあるというのに、想像すればお腹が空いてくる。

「ずいぶんとご機嫌だな」

「あ、ノワール」

ひとりで庭の散策を楽しんでいると、ノワールが現れた。

周囲に誰もいなかったから声を掛けてくれたのだろう。基本的に彼は、私が誰かと一緒にいる時は、話し掛けてきたりはしないから。

「久しぶりね」

ノワールに笑い掛ける。

実は彼とは、ブランと両想いになってから一度も会っていなかったのだ。

彼にはなんやかやと相談に乗ってもらっていたから、ちゃんとお礼を言いたかった。

ノワールは今日も黒を基調とした服を着ていた。

黒髪の彼にはよく似合うが、季節的にちょっと見た目が暑苦しい。

「……兄上と婚約したんだって？」

開口一番、ノワールが話を切り出してきた。それに頷く。

「そうなの。その……あなたには色々相談に乗ってもらったから、お礼を言いたかったんだけど」

「別に礼を言われるようなことはしていない。それより、本当に良かったのか。……兄上と結婚してお前は後悔しないのか？」

真顔で聞かれる。心配してくれているのは声音から伝わっていた。

「大丈夫。結局ね、私はブランが好きってそういう結論になったから。だからもう全部諦めたの」

「諦めた？」

「うん。色々悩んでいたのは事実なんだけど、ブランが好きというのが一番大事だって気づいて。だからもうそれで良いかなって」

「そう……なのか……」

「うん。ノワールにも色々話を聞いてもらったけど、そういうことだから」

説明するのが照れくさい。

ノワールを見ると、彼はなんだか複雑そうな顔をしていた。いや、痛みを堪えるような顔というのが正解だろうか。とにかくこのまま放っておけないような、そんな表情をしていた。

「？　どうしたの？」

「……いや、なんでもない」

「なんでもないって顔じゃないけど」

普通ではない様子だ。だからこそ再度尋ねたのだけれど、ノワールは頑なだった。

「……あり得ないと納得していたはずなのに、実は期待していた自分に気づかされただけだ。これ以上は聞いてくれるな。愚かすぎて反吐《へど》が出る」

「……う、うん」

吐き捨てるように告げるノワール。

何故彼がそんな風になっているのか気にならないといえば嘘になるが、聞いてほしくないことを突くような真似はしたくない。

「わ、分かった。これ以上は聞かない」

「リン、ノワール！」

あまり雰囲気が良くない状況。今からどうしようかと思っていると、ちょうどそのタイミングでブランがこちらにやってきた。

まだ時間まであるが、すでに仕事を終えたらしい。ブランが来ることに気づいたノワールが立ち去ろうとしたが、それをブランが留めた。

「ノワール、ちょっと待ってよ。お前に話があるんだ」

「……話？　オレの方にはないが」

「良いから。私たちの他に誰もいないんだし、少しくらい良いだろう？　いつもお前は私が話し掛けようとすると逃げてしまうんだから」

「悪魔憑きのオレと一緒にいたら、兄上まで余計な詮索をされるだろう。オレと違って兄上はこの国の次代の王だ。変な噂を立てられる真似は避けた方が良い」

キッパリと告げるノワールだが、ブランも退かなかった。

「別に。そんなもので揺らぐくらいの王権なら、別になくても構わないよ。それに何度も言ってるだろう？　悪魔憑きに関しては、私にも十分過ぎるほど可能性があるって。お前だと決まったわけじゃない」

「オレで決まりのようなものだ。皆、そう言ってる」

ふん、と顔を背けるノワールだったが、逃げようとはしなかった。

どうやら兄の話を聞く用意はあるらしい。

ブランがやってきて、私の隣に立つ。

そうして私の手を握ると、ノワールへと向かった。

「お前には、直接報告したかったんだ。私は異世界のつがいであるリンと結婚する。これはれっきとした私の意思だよ」

「……へえ。異世界のつがいなんか知らないと昔、散々言っていた兄上が結局皆の言う通りに結婚するのか」

「そう言われると思ったから、今、こうして直接話しているんだ。疑われても仕方ないけど、私は真実リンを愛したんだ。だから結婚すると決めた。リンも私を愛してくれている。私たちは想い合って結婚するんだ。ね、リン」

「え、ええ」

はっきり聞かれると少し恥ずかしいが、嘘はどこにもなかったので同意した。

ノワールは感情の読めない顔で私たちに言った。

「そうか。さっきリンからも聞いたよ。……おめでとう、兄上」

「ありがとう。できればお前にも結婚式には参列してもらいたい。血を分けたたったひとりの弟だからね。祝ってもらいたいんだ」

私も友人とも思い始めているノワールが来てくれたら嬉しいので、ブランに続いて言った。

「私もノワールに来てほしいな」

「ね。……ところでリン？　ずいぶんとノワールと親しい様子だけど。もしかして私の知らないところで交流していたりする？」

じとっとした目で見られ、慌てて言った。

「ブランと会えなかったあの二週間に、何度か相談に乗ってもらっただけだって！　ブランが嫉妬するようなことは何もないから！」

「……本当に？」

「本当。……もう、私がブランのこと好きって知ってるのにそんなこと言うのはずるいと思う」

恨みがましげな目を向けると、ブランは「う」と動揺した。

「ご、ごめん。君の気持ちを疑ったわけではないんだよ。その、私の妬心が強すぎるだけというか、君を独り占めしたいだけというか、ただそれだけで……」

「私はとっくにブランのものでしょ。……結婚するんだし」

「そう、だね。うん、その通りだ」

ふわりとブランが笑い、私も笑い返す。

それを見ていたノワールが、くるりと私たちから背を向けた。

「……用件がそれだけならオレは帰る」

「あ、ノワール」

ブランが声を掛けるも、ノワールは振り返らない。そのまま早足で歩き始めた。

「結婚式には参列しない。オレがいたら、めでたい席が台無しになるからな」

「台無し⁉　そんなわけないじゃないか！　お前が悪魔憑きだなんて思っていないって、何度言えば分かって――」

「うるさい！　放っておいてくれ！　兄上は幸せなんだから、これ以上オレに絶望を与えないでくれ‼」

「え、絶望……？」

ぱちり、とブランが目を瞬かせる。私もノワールの言葉に大きく目を見張った。

絶望。今、彼は絶望とそう言ったのか。

ブランがノワールに駆け寄る。

「ノワール……！　今の、どういう意味だい？　私がお前に絶望を与えたって……」

「うるさい、オレに近づくな。……なんで……なんで……なんで兄上ばっかり……いつも、いつもオレは……いや、違う……どうして……」

ブランを制止しながら、ノワールは片手で己の顔を覆った。

彼が何を言っているのか分からない。

異常な空気がこの場を取り巻いていた。

それにブランも気づいたのだろう。止められているのは承知の上で、弟に再度駆け寄ろうとする。

「ノワール！」

「来るな‼」

「でも！」

「うるさい、うるさい、うるさい……！」

綺麗に晴れていたはずなのに、いつの間にか空には暗雲が立ちこめていた。

ノワールから黒い煙のようなものが立ち上っている。

「何……これ……」

「ふは、ふはははははは‼」

何が起こっているのか、動けない私たちの目の前に現れたのは、捻れた二本の角を持つ悪魔だった。

巨大な体躯《たいく》。身体は筋肉質で、だけども腕が六本あった。

黒山羊《やぎ》の顔に黒い翼。

日本にいた時に読んだ悪魔事典を思い出す。腕の数こそ違うが、そこに載っていたバフォメットっという悪魔にそっくりだった。

「……悪魔？」

これこそが悪魔だと言われずとも理解する様相に目を見張る。

恐ろしい形相は普通なら悲鳴を上げてもおかしくないはずなのだけれど、不思議と怖いとは思わない。なんだろう。恐ろしさが突き抜けてしまって、逆に恐怖を感じなくなってしまったのだろうか。

「リン、退がっていて」

ブランが咄嗟に私を庇《かば》うように前に出る。自衛のために持っていたのだろう。上着の内ポケットから、小型の剣を引き抜き、悪魔に向かって投げつけたが、何故か当たらずすり抜けた。

「ど、どうして……？」

愕然とする。剣がすり抜けるとはどういうことか。

驚く私たちに悪魔は愉《たの》しくて仕方ないという顔で言った。

「残念ながら吾輩《わがはい》は実体ではない。それだけのことよ」

すぐに実体化するがな、と続け、悪魔は嗤《わら》った。

ブランが愕然としながら、呟く。

「悪魔？　嘘だろう？　どうして今、このタイミングで……？」

「ほう？　お前がそれを言うのか」

「どういう意味だ！」

面白そうな顔をする悪魔に、ブランが食ってかかる。悪魔は肩を竦め、ノワールを見た。

ノワールは蹲《うずくま》り、己の胸を掻きむしるように押さえ、苦しんでいる。

「お前の発言が最後のトリガーとなり、この男はまさに今、深い絶望の底に落とされたのだ。今まではお前がいたことで絶望に至らなかったというのに皮肉だな？　最後の最後は、助けとなっていたはずのお前に突き落とされた」

「……何を……出鱈目《でたらめ》を」

「本当に出鱈目だと思うか？」

ブランが悪魔を睨み付ける。

ノワールは荒い呼吸を繰り返し、額には汗をびっしょり掻いていた。その身体からは相変わらず黒い煙が染み出ており、シュウシュウという嫌な音を立てている。

悪魔は醜悪な笑みを浮かべた。こんな楽しい見世物は他にないと言わんばかりの顔で、私たちを見る。

「この男は生まれてからずっと、いつ傾くかも分からぬ絶望の淵《ふち》に立っていたのだ。当たり前だろう。悪魔憑きになると遠巻きにされ続け、心穏やかでいられるはずもない。だが、今まで絶望にまで至ることなく生きてこられた。それは何故だと思う？」

分かりやすくブランに視線が向けられる。ブランはぎりっと歯ぎしりをした。

「そう。兄であるお前がいたからだ。お前に必要とされている。お前だけは自分を信じ、愛してくれている。それだけでこの男は今の今まで絶望せずにギリギリの縁で留まることができたのだ」

「……ノワール」

ブランがノワールにも負けないくらい苦しそうな顔で弟を見る。

まさかそんなにも自分を頼りにしてくれていたとは思わなかったのだろう。ブランはずっとノワールに避けられていたから。

でも、ノワールがブランを好きなのは本当だと思う。

ノワールがブランの話をする時の顔は、とても優しい穏やかなものだったから。

好きかと聞いても答えてはくれないけれど、言動を見ていれば誰だって分かる。

ギュッと唇を噛みしめる。悪魔が私に視線を移した。真っ赤な瞳は底が見えず、まるで血の塊のように思えた。

「な、何」

「いや。全てはお前が原因といっても過言ではないと思ってな。いや、お前は悪くない。悪いのはお前に懸想《けそう》したこの男よ」

「……懸想？」

「ああそうだ。この男は事もあろうに、兄の妻になる女に懸想したのだ。お前と初めて会った、あの日にな。兄のつがいだと分かっていても諦め切れず、だけども諦めなければならないジレンマに苦しんでいたのだ」

「……え」

大きく目を見開く。

——好き？　ノワールが、私を？

思いもしない言葉に驚き、再度ノワールを見る。彼はこちらの様子には全く気づいていないようだ。

ただ己の胸を掻きむしっている。

ブランも弟の想いまでは気がついていなかったようで、酷く驚いた様子だった。

「ノワールが……リンを？　そんな馬鹿な。リンが私のつがいだと知っているのに……」

「恋に理屈など関係ない。愚かよな。そんなことも分からないのか」

悪魔が馬鹿にしたような顔で私たちを見る。

でも確かに悪魔の言う通りだ。誰を好きになるかなんて誰にも分からないし、自分で選べるものでもない。

「諦めよう、諦めようと思っているのに、肝心のお前は兄と結婚する意思をなかなか見せない。だからこの男はつい、期待してしまったのだ。もしかしたらお前が自分を見てくれるかも、とな」

「っ……！」

「そう、つまりはお前にも原因はあるのだ」

ニタリと嫌な笑いを浮かべ、悪魔が言う。

ざっと血の気が引いていくのが分かった。

——私がいつまでもブランとの結婚を迷っていたこと、そしてそれをノワールに相談していたのがいけなかった？　諦めたかったのに諦められなかったのは、私が中途半端な態度を取っていたせい？

愕然とする私に悪魔がせせら笑う。

「この男は馬鹿ではない。お前が自分を好きになることなどないと分かっていた。だけど、お前はなかなか兄の求婚を受け入れないから。そうして苦しみつつも期待を捨てきれなかったところに、とどめの一撃を食らわされた、というわけだ」

「とどめの一撃……」

「もう分かっただろう。今更のように兄と結婚すると言った、都合の良すぎる言葉だ。それでも何とか堪えていたところに、今度は兄が言うわけだ。式に参列してほしいと。仲よさげな様子をこれでもかというほどに見せつけながらな。なあ、この男が絶望するには十分過ぎる理由だろう？」

「……」

クククと嗤う悪魔を呆然と見つめる。ブランも何も言えないようだった。

「ずっと待っていた。お前たちのどちらかが絶望し、闇に堕ちる時を。さあ、ノワール。吾輩と共に行こう。お前の身体を吾輩におくれ。吾輩がお前を有効活用してやるから」

最後の台詞を酷く優しげな口調で言い、悪魔は消えた。

途端、ノワールが今までの比ではないくらいに苦しみ始める。

「うあ……うあああああ……ああああああ！」

ノワールの身体から真っ黒な煙がぶわりと広がった。目を開ける。彼の目は真っ赤に染まっていた。

先ほど見た悪魔と全く同じ色だ。それだけで、ノワールが悪魔に乗っ取られてしまったのだと理解できた。

「ふは、ふはははは！　五百年ぶりの身体だ！」

悪魔が嗤う。

姿形こそノワールだが、雰囲気が全く違った。

まさに悪魔と呼ぶに相応しい。いつの間にか、彼の頭からは山羊の角が生えており、それがより人外味を増していた。

「ノワール！　ノワール！」

ブランが必死にノワールの名前を呼ぶ。

ノワールの意識を取り戻そうとしているのだろう。だが上手く行くはずもない。

何せ、ノワールは絶望してしまったのだから。

「今更何をしても無駄だ。いくら呼びかけようと闇に堕ちた男が戻ってくることはない」

悪魔が両手を水平に上げる。すうっとその身体が宙へと浮かび上がった。

「お前としては良かったのではないか？　いくら弟とはいえ恋敵だ。それがいなくなったのだから」

性格の悪い質問だ。だが、ブランは一切怯まなかった。

「ノワールが恋敵だったのは確かに驚いた。でも、大事な弟だという事実も変わらないんだ。悪魔よ、ノワールを返してくれ。ノワールは悪魔憑きなんかじゃない。悪魔憑きは私のはずだ‼」

声も高らかに叫ぶ。

悪魔は「カカカ」と嗤った。

「吾輩にとってはこの男でもお前でもどちらでも同じ。どちらかが絶望すれば、絶望した側に憑く。それだけのことよ。お前だと決まっていたわけでもなければ、この男だと決まっていたわけでもない。どちらでも良かった。それが真実だ」

「あ……」

その言葉を聞き、ある意味とても納得した。

神託には、どちらかが悪魔憑きになるとあった。

誰がとははっきり触れられていなかった。

それはどうしてだったのか。

二人とも悪魔憑きになり得たからだ。だから対処法だけが示されていたのだ。

「殿下！　どうなさったのですか、殿下！」

大声を張り上げていたせいだろう。異常を察知した兵士や女官、侍従たちが何事かと集まってきた。

宙に浮いているノワールを見て、顔色を変える。

「あ、悪魔？」

「や、やはりノワール王子が……」

赤い目と山羊の角。尋常ではない雰囲気。

それら全てから彼らはノワールが悪魔憑きとなったことを悟ったようだった。

「……」

──やはり、だなんて。

唇を噛みしめる。

皆からしてみれば、予想通りといったところなのだろう。悪魔を見て恐怖を感じているようだが、意外だという顔をしている者はひとりもいなかった。

何かがおかしいと気づいた者たちが、どんどん庭へと集まってくる。皆、悪魔の姿を見て、一様に「やはり」と言った。

「悪魔だ……神託は実現してしまった……」

「悪魔憑きとなった者を放置はできない。国を破壊し尽くすという神託があるのだ。その前になんとしても悪魔を討たなければ」

兵士たちがそれぞれ得物を構える。一斉に飛びかかろうとし、それを見たブランが悲鳴を上げた。

「止めてくれ！　ノワールを殺さないでくれ！」

「ブラン⁉」

ブランが兵士たちの前に飛び出す。彼は必死の形相で彼らに言った。

「たったひとりの弟なんだ。愛する弟を見殺しになんてできない！」

「ですが、殿下！　アレはもう駄目です。悪魔は実体化してしまった。ああなればあとはもう、一刻も早く打ち倒すより他はありません！」

兵士たちの言葉に、ブランは嫌だと首を横に振る。

弟を討たせるなど、彼にはどうしたってできないのだ。

「嫌だ。無理だ！　だって弟は私のせいで――」

「ブラン……」

他の誰でもない自分が、ノワールが絶望に落ちるトリガーを引いてしまったことを、ブランは酷く悔やんでいるようだった。

だからだろうか。頑ななまでに弟を守ろうとしている。

「――いい。いいからオレごと、悪魔を討て」

「ノワール⁉」

弱々しい声が悪魔の口から零れ出た。

その口調、そして声音は間違いなくノワールのもので、まだ彼が悪魔の中で生きていたことが分かった。

ブランが泣きそうな顔で言う。

「ノワール！　ノワール、そこにいたんだね！　今、助けるから！」

「無理だ」

ブランの言葉を、ノワールが一蹴する。

「兄上だって分かっているだろう？　もうオレが駄目だってことくらい。……ずっと前から、いつかこうなると分かっていた。――頼む、殺してくれ」

「できるわけがないだろう⁉」

半狂乱になってブランが叫ぶ。そんなブランを見て、ノワールは小さく笑った。

仕方ないとでもいうような笑みには、慈愛が籠もっている。

「……兄上がそう言って、オレを惜しんでくれる人だから、オレは今日まで絶望しきらなくて済んだんだ。……兄上、気にしないでくれ。これはオレの自業自得だ。兄上もリンも何も悪くない。オレが勝手に好きになって勝手に期待して、勝手に裏切られた気持ちになってしまっただけ……」

悲しげに告げるノワール。ブランが必死に手を伸ばすも、ノワールは首を横に振るばかりだ。

「もうすぐオレの意識も消える。あの悪魔に食い潰されるだろう。そうなってからでは遅い。頼むから兄上、今の内に」

「嫌だ！　ノワールを殺すなんてできるわけがない！」

意識が残っていると分かってしまったからこそ、余計に黙ってなどいられない。

ブランは兵士たちからノワールを庇うように立ち「まだ生きてるんだ。弟を殺さないでくれ！」と

必死だった。

それを見ていることしかできなかったが、ふと、集まってきている人たちの中に見覚えのある人がいることに気がついた。

「あ、あの……令嬢」

後ろで心配そうに、祈るように両手を組んでいる女性。公爵家の令嬢だという、シトロン嬢だ。

私にはっきりしろと詰め寄ってきた人。彼女のお陰で、私は自分の気持ちに素直になることができたと言っても過言ではない。

そんな彼女は泣きそうな顔でブラン……ではなくノワールを見ていた。

「ノワール？　ブランではなくて……あ」

ハッとする。

もう一度彼女を見た。

シトロンはノワールしか見ていない。彼のことだけを不安に満ちた目で見つめ、どうか無事にとでも言わんばかりに祈りを捧《ささ》げるようなポーズを取っている。これはもしかしなくても――。

――私、勘違いしていた？

てっきりシトロンはブランを好きなのだと思い込んでいたが、彼女が好意を寄せているのはノワールなのではあるまいか。

シトロンとの会話をよくよく思い出せば、彼女の言っていた『彼』がノワールだったとしても話は合う。

ブランを好きなのだと完全に思い込んでいたから気づけなかったのだ。

彼女はブランが好きで私に詰め寄ってきたわけではない。

想いを寄せるノワールが私を好きなことに気づいて、だからこそあんなにも怒って、さっさとはっきりさせろと言っていたのだ。

「そう……だったんだ」

皆に遠巻きにされていたというノワール。心のより所はブランだけだったという可哀想な弟王子。

それが嘘だとは思わないし、実際その通りだったのだろうけど、こうして想いを寄せる女性もいたのだ。

直接本人に声を掛けたりはできなくても、彼を想って行動できる女性が。

「……助けたい」

想いが言葉となって零れ出た。

ブランもシトロンも――そしてもちろん私だって、ノワールを諦めたくないと思っている。

どうにか彼を助けたい。いや、助ける方法があるはずだ。

だって私は――。

「あ――そうか」

一瞬の閃《ひらめ》き。

それは突然、だけど当たり前のように私の中へと落ちてきた。

まるで最初からそこにあったかのような感覚に戸惑いつつも、同時にこういうものかとも思う。

助けられる、と本能が囁いていた。

何故と言われても困るけど、今の私ならノワールを助けることができるのだと、確信を持って告げられる。

「……」

「リン⁉」

自信を持って一歩前に出る。じっとしていた私が歩き出したことに気づいたブランが声を上げた。

それには応えず、ノワールの前まで進み出る。

「リン、危ないよ！　離れて！」

ブランが叫ぶ。

私は真っ直ぐにノワールを見つめた。

赤い瞳が面白いものを見たというように細められる。

「あなたはノワール？」

「いや？　あの男は眠った。先ほど出てきたのは、一時だけの奇跡だったようだな」

「そう。消えたわけではないのね」

それなら大丈夫だ。間に合う。

泰然と構える私に、悪魔の顔が愉しそうなものから、怪訝なものへと変わっていく。

「お前？」

「……ねえ、悪魔ってどうやって祓《はら》えばいいか知ってる？」

「……何？」

「リン！」

会話の意図を掴めない悪魔。

ブランは必死に私の名前を呼んでいる。そんな彼に振り向き、言った。

「大丈夫だから、見てて。――私、分かったの。私に与えられた力は、悪魔を祓うためのものだって」

「え……」

ブランがポカンとした顔をする。私は笑い、安心させるように告げた。

「ブランは言ったよね。私には異世界のつがいとして、何らかの異能が与えられていて、それはその時になれば分かるんだって」

その通りだった。

ノワールを助けたいと強く思った時に、突然その力は私の中に芽生えたのだから。

私は悪魔に向き直り、その額に向かって指を突きつけた。

「ここはお前の居場所ではない。お前の住処《すみか》は深い暗闇。今すぐノワールを解放し、自分の居場所へ帰りなさい！」

高らかに告げ、先ほど自らに芽生えたばかりの力を思いきり解放させる。

どんな言葉を紡げばいいのか、何をすれば望む結果を生み出せるのか、言われなくても分かっていた。

「聖なる光よ！　かの者を討ち滅ぼしたまえ！」

白い光が指先から迸《ほとばし》る。光はノワールを呑み込み、彼に憑いていた悪魔は悲鳴を上げた。

「うあああああああ！」

浮いていた身体が、地面に投げ出される。

両手で顔を覆い、のたうち回った。

「熱い、熱い、熱い、焼ける……なんだ、なんだこれは……！」

「悪魔を退ける聖なる光よ。……私もよく分からないけど、これがあればノワールを助けられて、しかもあなたを消滅させられるってことは知ってる。ほら、もう一発！」

指を鉄砲の形にし、遠慮なく二撃目を額に向かって打ち出す。

悪魔はハッとしたように飛《と》び退《の》き、私の攻撃を避けた。

「えっ……」

まさか避けられるとは思わなかったので、目を見張る。悪魔は怖気《おぞけ》が走るような笑みを浮かべ、私を見た。

「ふん。せっかくの攻撃手段も当たらなければどうということもないな。落ち着いて弾道を見定めれば避けることは造作もない」

「っ……！」

咄嗟に人差し指を悪魔に向け、二連撃を放つ。

不意を突ければと思ったのだけれど、それもあっさり避けられてしまった。

「ふははははは！　さっきまでの勢いはどうした！　当たらなければ意味はないぞ！」

高笑いが勘に障る。

当てることさえできれば悪魔を退治できると私の本能は訴えているのに、それができない己の技術力不足が悔しかった。

「もう……！　なんで当たらないのよ！」

慣れない力を使っているのだ。コントロールが甘くても仕方ないとは思うが、今、当てないとノワールは助からない。

——どうする、どうすればいい？

考えろ、考えろ、考えろ。

悪魔に避けられないようにする方法を必死に考える。そんな私のすぐ側を駆け抜けて行った者がいた。

見えた横顔に呆然とする。

「ブラン……？」

ブランは悪魔に向かって走っていた。

自分に近づいてくるものを追い払おうと、悪魔が彼に攻撃を仕掛けようとする。その指先にとんでもない熱量が集まっていくのが見えた。

「させない！」

考えるよりも先に光を打ち出す。

こちらの攻撃が当たればまずいことは理解しているのだろう。悪魔はブランへの攻撃よりも私に対する逃げを優先させた。

攻撃をキャンセルし、私から放たれた光を避ける。それを見て叫んだ。

「ブラン！　今の内に逃げて！」

私の悲鳴のような声をブランは無視し、さっと悪魔の後ろに回り込んだ。何をしているのかと思う間もなくその身体を拘束し、私に告げる。

「今だ！　リン！　撃って‼」

「で、でもっ！」

「ノワールを助けて！」

「っ！」

その言葉の意味を理解すると同時に、思いきり攻撃を放った。

これ以上迷えば悪魔は彼の戒めから逃れ、ブランの決死の行動が意味を成さないものになる。それが分かったから、絶対に外さないという気合いを込めて胸の辺りを打ち抜いた。

悪魔がこの世のものとは思えない声を上げる。

「アアアアアアアアアアアア‼」

攻撃が当たったと同時にブランはその場から飛び退いていた。

悪魔が苦しげに何度も胸を掻きむしる。

二度目の攻撃は、一撃目よりも威力があったのだろう。

やがて悪魔は耐えきれないといったように、ノワールの身体から逃げ出した。

半透明の身体が現れる。その身体はボロボロで全身が火傷したかのようになっていた。

「おのれ、おのれ、おのれ……せっかく五百年ぶりに肉体を得たというのになんということをしてくれたのだ！　絶対に許さんぞ！」

「許さないのはこっちの台詞よ。あなたにノワールは勿体ない。さっさと自分の世界に戻って。でなければ、消滅するまで何度だってこの光を打ち込んでやるんだから」

指先を悪魔へ向ける。

実体のない状態でも、間違いなく攻撃が通るという妙な自信があった。

「もう、絶対に外さない」

宣言するように告げると、悪魔は私を射殺《いころ》さんばかりに睨み付けながら言った。

「……誰が帰るものか。次、いつこのような機会があるとも分からないというのに」

「そう。消滅をご希望ということね」

「うわっ！」

力を放つ。指先から放たれた光が、悪魔の肩を掠《さら》った。

光を浴びた場所が消失する。

「……お前！　吾輩はまだ話していたのだぞ！」

「知らない。避けられたら困るもの。攻撃を当てられるチャンスは逃さないわ。――塵《ちり》も残さず消えなさい。聖なる光よ！」

最大限の力を込めて、悪魔の頭を狙う。

何度か力を使ったせいだろうか。ここに来て、ようやく攻撃のコツが掴めてきた。

これならいけると思うだけの力を込めて打ち込んだ光は、過《あやま》たず悪魔に直撃し、その身体を否応なしに呑み込んだ。

「あああああああああああああ‼」

絶叫と共に悪魔の身体が崩れ、消えていく。

逃げられたのではない。退治したという実感があった。

完全に悪魔の姿が消える。それを見て、安堵で身体からがくりと力が抜けた。

「はあああああ……」

「リン！」

その場にへたり込むと、ブランが駆け寄ってきた。

膝をつき、私の肩を抱く。

「リン、大丈夫⁉」

「大丈夫よ。それよりブランこそ平気？　無茶《むちゃ》な真似をして、生きた心地がしなかったわ」

じっとブランを見つめる。

彼は眉を下げ「ごめんね」と言った。

「でも、あの時はあれが最適解だと思ったから。リンがあいつを倒せそうだっていうのは見ていれば分かった。それなら私ができることはあれしかないって」

「……ブラン」

「私も必死だったんだ」

そう告げるブランの顔に後悔は見えなかった。

私は彼の頬に手を当て、笑みを浮かべる。

「まずはお礼を言わなくちゃね。……ありがとう。お陰で攻撃を当てることができたわ」

「お礼を言わないといけないのは私の方だよ。ありがとう、ノワールを助けてくれて。――君の異能は退魔の力だったんだね」

「うん。そうみたい。私も驚いたわ」

私に宿った力は、悪魔を退散させ、消滅させるためのものだった。

まさか自分がこんな力を使えるようになるとは吃驚《びっくり》だが、お陰でふたりを助けることができたのだから良かったと思う。

少し離れた場所にはノワールが倒れている。意識がないようだが、悪魔は完全に祓ったのでしばらくすれば目を覚ますだろう。

「ノワール……」

私が何を見ているのか気づいたブランが、弟の名前を呼ぶ。その声には隠しきれない安堵が滲んでいて、助けることができて良かったと心から思った。

「ノワールは無事だよ。良かったね。神託は成就しなかった」

「……リン」

「まあ、神様の神託を、神様の力で破ったって話になるんだけどね。多分、神様も悪魔憑きになんてさせたくなかったんじゃない？　だから私に退魔の異能を授けたんだと思うよ」

逃れられない神託。だが、それを破ったのもまた、神の力だった。

神様は悪魔憑きとなったノワールが国をめちゃくちゃにするところも、それで兄のブランが嘆くところもたぶん見たくなかったのだろう。

だから私にこの力を与えたのだと、そう思う。

「うわ……」

立ち上がろうとしたが失敗した。

眩暈《めまい》がし、倒れそうになる。

使い慣れない力を何度も酷使したせいだろう。

ふらついた私をブランが支えてくれた。

集まってきていた兵士や侍従、女官たちが私を見ていた。皆、驚愕の顔をしている。

侍従のひとりがぽつりと呟く。

「異世界のつがいの異能……」

その言葉を合図にしたかのように、皆が次々と口を開いた。

「あれが異世界のつがいに与えられるという異能の力。今回は退魔の力だったのか……」

「異世界のつがいのお陰で、神託の成就は回避された。国は破壊されないで済む」

「悪魔を消滅させることができるなんて……ああ、これで我が国は救われた……！」

そうして「わあっ」と一斉に歓声を上げた。

悪魔を消滅させたところを実際に目にしたからなのだろう。彼らの言葉には畏敬の念が籠もっていた。

「さすがは神の選ばれた異世界のつがいだ！」

「前回の雨乞いも有り難かったが、今回も心強いな。悪魔を消滅させられる異世界のつがいが王妃となるなら、我が国の将来は安泰だ……！」

崇《あが》めんばかりの雰囲気に、逆に気まずくなってしまう。

私はポリポリと頬を掻きながら言った。

「……うーん、そんなつもりじゃなかったんだけど」

「君はそうでも、実際私たちからすれば、有り難い限りだからね。有史以来、悪魔を消滅させることができる者は誰一人いなかった。それを君が与えられた異能を使い、完璧に行ったんだから」

「皆が好意的に見てくれるのは嬉しいから良いけどね。ちょっと照れくさいかな」

正直に自らの今の心境を伝える。

ノワールが、集まってきた兵士たちに抱き上げられているのが見えた。おそらく医務室に運ぶのだろう。皆の表情は安堵に満ちていて、ノワールが生きていることを喜んでいるようだ。

誰も、彼を厭《いと》っているようには見えない。

その様子に表情が緩む。

「良かった」

別に皆、ノワール自身が憎かったわけではないのだ。

彼に憑くと言われていた悪魔が怖くて遠巻きにしていただけ。だからその恐怖が去れば、自国の王子が生きているのはうれしいことなのだろうと思う。

私が見ていたものに気づいたブランが舌打ちした。

「あいつら、散々ノワールを遠巻きにして陰口を叩いていたくせに、手のひらを返したように……」

「良いんじゃない？　ノワールにとって良い変化なら目を瞑るのも大事なんじゃないかな」

「でも……」

ムッとするブランは、彼らの態度の変化を許せないようだ。

その気持ちも分からなくはないけど、迫害されていたのはノワールだから。

「悪魔が怖いって気持ちは、仕方のないものだと思うしね。それに態度の変わった彼らを許すか決めるのは当事者であるノワールだよ。もしノワールが許すって決めたなら、ブランはそれを受け入れてあげて」

「……リン」

「ノワールの意思が一番。違う？」

じっとブランを見つめる。彼は諦めたように息を吐き、頷いた。

「確かにその通りだね。分かった。ノワールの決定に従うよ」

「うん、そうして」

医務室に運ばれていくノワールを見送る。少し離れた場所では、そんな彼を見て、シトロンが泣いていた。

「あ……」

好きな人が助かったことに安堵しすぎて涙が出たのだろう。顔をくしゃくしゃにして泣いていたが、私にはそれがとても尊いもののように思えた。

皆が皆、ノワールを厭っていたわけではない。遠くからでも彼を見ていた人はいる。

彼女みたいな人がいるのなら、きっとノワールは大丈夫なのではないか。

なんとなくだけれど、そんな風に思う。

全てが片付き、ひとり、またひとりと自らの持ち場へ戻っていく。

恐怖に支配されていた場はいつの間にか元の静かな庭へと戻り、いつもの日常が広がっていた。

◇◇◇

ブランと一緒に、私の部屋へと戻ってきた。

一応、ソファに腰掛けさせてはもらっているが、別に体調不良というわけではない。

慣れない力を使ってへたり込んでいたのは一時的なもので、今はすっかり回復していた。

先ほど庭を後にしようとした私たちのところに、残っていた兵士たちが慌ててやってきて「陛下に報告をしてほしい」と言ってきたが、ブランはそれを一蹴していた。

「悪魔を祓って、リンは疲れているんだよ。休養を取らせたい。父上には明日の午後にでも報告に窺いますと伝えてくれるかな」

逆らいがたい声音で告げられた言葉に皆は一も二もなく頷き、私たちは無事解放されたのだけれど、確かに報告は後にしてもらえた方が助かる。


「大丈夫？　体調が悪いなら医師を呼ぶけど」

「平気。もうなんともないから」

肉体的には平気でも、精神的には疲れているのだ。

国王の前で改めて今回の件について報告……というのはかなりの精神力がいるだろう。

今は正直、想像だけでも億劫な気持ちになる。

「気力だけの問題なの。だから明日には回復していると思う」

「そう？　それならいいけど。……改めて君には感謝するよ、リン。弟を助けてくれてありがとう」

ブランが膝をつき、座っていた私の手を握る。

ブランの目は少し潤んでいて、彼が感極まっていることを示していた。

「さっきも聞いたから、もう良いって」

「何度だって言いたいんだ。本当に、本当に感謝しているから」

「ブラン」

「君に与えられていた異能がまさか悪魔祓いとは思わなかったけど、そのお陰で私たちは助かった。

……昔から、異世界のつがいに与えられる力は、その時代、その時代で一番必要とされるものだと言われてきたけど、本当だったな。皆が救われたよ」

「うん、そう言ってたね」

「母上の力が雨乞いだったようにね。母上はその力を惜しみなく使い、皆に尊敬され、現在も王妃として立っている。君も同じだ。今回のことで、皆は君が正しく私の異世界のつがいだと認識した。噂は広まり、君の地位は確固たるものになるだろう」

別にそういうのは要らないのだけれど、ブランは嬉しそうだ。

「ブラン、嬉しそう」

「もちろん。君が皆に認められるというのは嬉しいよ。大切な人が皆に受け入れられるのは幸せなことだって知っているから」

「そっか」

大事な弟をのけ者にされ続けてきたブランだけに、その言葉には実感が籠もっていた。

ブランが続ける。

「弟のことだけじゃない。犠牲者が出なかったことだって感謝している。本来なら、少なくない数の犠牲が出ただろうって分かっているから。……実はね、今まで悪魔憑きとなった者は、最低でも千単位の犠牲を出しているんだよ」

「え」

「うん。悪魔に意識と身体を乗っ取られ、人を殺すんだ。だからノワールの意識が完全に呑み込まれたのなら、私は王子として、弟を殺す決断をしなければならなかった」

「……そう、なんだ」

「君のおかげでそうせずに済んだけどね。通常、悪魔憑きとなった者を止める手立てはほぼないから。依《よ》り代《しろ》となった身体を殺して、元の世界に追い払う……くらいが関の山かな。身体がなくなれば、悪魔もこちらの世界に留まることはできないから」

「……」

「悪魔がこちらの世界の人間を殺し尽くすのが先か、私たちが悪魔の依り代となった身体を殺すのが先か。選択肢はこのふたつしかないんだよ。だから悪魔憑きの可能性が高いと思われたノワールは、憑かれる前に殺せば良いなんて言われていたんだ」

語られる言葉に静かに耳を傾ける。

「まあ、今回は神託で『絶望』させなければいいと分かっていたから、実行されることはなかったけどね」

聞いてしまえば、皆がノワールを遠巻きにしていたのも十分過ぎるほど頷けた。

家族や国を壊してしまう可能性がある者と親しくなどできるはずがない。だけど、ノワールには気の毒な話だ。

彼は何も悪くない。ただ、ブランと一緒に神託を受けてしまっただけ。そして、お前こそが悪魔憑きだと決めつけられてしまったことが、一番の不運だった。

「ノワール……可哀想」

同情などされたくないだろうが、思わず言ってしまう。ブランもしんみりとした顔で同意した。

「本当にね。私とノワール、どちらでも良かったのなら、私にしてくれれば良かったのに。……悪魔に言われた言葉で一番響いたのがこれだよ。悪魔憑きとなるのは私でも構わなかった。それならノワールだけが遠巻きにされる必要はなかったのに……って思ってしまったんだ」

実際はどうだったかといえば、一方は世継ぎの王子として大切にされ、もう一方は悪魔憑きの王子だと遠巻きにされた。

どちらにも可能性があったのに。

弟を大切にしているブランにはその事実が一番堪えたのだろう。

「ブラン……」

悲しげな顔をするブランを見ていると、キュウッと胸が痛む。

ブランが視線を上げ、私を見た。ふわりと笑う。

「大丈夫だよ。分かっているから。過去を悔いて嘆いても仕方ない。弟には未来がある。だから私はこれからのノワールを手助けしてあげたいって思うよ。弟が受け入れてくれるかは分からないけどね」

「きっと大丈夫だよ」

ノワールが兄を慕っていることはよく知っている。今までは兄に迷惑が掛かると避けていたかもしれないが、もうその必要はないのだ。できれば兄弟仲良く過ごしてくれると嬉しいと思う。

「リンが太鼓判を押してくれるのなら、大丈夫だね」

ブランが同意するように頷いた。真っ直ぐに私を見つめてくる。

心の奥底まで暴かれてしまいそうな熱い瞳に、ドキッと胸が高鳴った。

「……っ」

顔が熱くなる。

いつだってそうだ。ブランは私を真っ直ぐに見つめてくる。

私だけを見てくれるのだ。

私を誰とも重ねない。『私』自身をちゃんと見てくれていると感じられる。

その目が私はどうしようもなく好きで、ああ、彼を好きになって良かったと心から思うのだ。

「リン、愛してる」

ブランが私をソファから立ち上がらせ、抱きしめる。

背中に回された腕の力は強かった。彼の想いを感じ取り、自然と微笑む。

「私も、私もブランを愛してる」

抱きしめ返し、ほうっと息を吐く。

ブランが好きだなと思った。

同時に欲しいな、とも。

だから私は彼の目を見て、正直に今の想いを告げた。

「ね、抱いて」

「リン……？」

「今、そういう気分だから」

驚いた顔をするブランに笑い掛ける。

たまにはこういうのもいいのではないか。そんな風に思った。

◇◇◇

「ブラン、好き……」

ふたりでベッドに倒れ込む。

キスをしながら着ていた服を互いに脱がせ合った。なんだか今日は、どうにも彼の熱が欲しくて、身体が疼《うず》いて仕方ない。

使い慣れない力を使ったこととも関係あるのだろうか。

ふと思ったが、すぐにどうでもいいかと思考を投げ出す。

今は、ブランに集中したかった。

「リン、愛してる」

私の全身にブランが口づけを落としていく。それを擽ったく感じながら受け取った。

身体はすでに熱く、まるで発熱しているかのようだ。だけど彼の唇も、負けず劣らず熱かった。

「は、あ……ん……」

ブランが胸の天辺《てっぺん》に口づけを落とす。

敏感な場所に触れられ、甘く強請るような声が出た。丹念に舐《な》められると、丸い乳首が尖っていく。

「ん……」

はあ、と熱い息を零す。

ブランとはすでに何度も交わっているが、今日はいつになく積極的な気分だった。彼の剛直で深い場所まで貫いてほしくて堪らない。

私の口からは誘うような声が絶え間なく零れており、それにつられるようにブランの行為も加速していた。

全身に口づけた彼は、私の足を大きく広げさせると、股座《またぐら》に顔を埋める。

舌を伸ばし、チロチロと陰核を舐め始めた。

「あっ！」

強い刺激に大きな声が出る。

小さな陰核を舌先で転がされるたび、嬌声《きょうせい》が上がった。

「ひっ、あっ、やんっ……ブラン、そんなとこ……」

生き物のように舌が蠢く。指で触れられる以上の快感があった。

ビリビリと突き抜けるような悦びが連続して起こる。

ブランはねっとりと花芽を弄くった。グッと押し潰されれば途方もない快感が走って、あっという間に達してしまう。

「あああっ……！」

下肢がガクガクと痙攣している。膣内から透明な液が染み出していた。

内部は何かを食い締めるように激しく収縮し、艶めかしい蠕動《ぜんどう》を繰り返している。

「リン……挿れるね」

ぐったりとする私の身体をブランは横にした。

「ん……あああっ……！」

片足を持ち上げたブランが、後ろから肉棒を挿入させる。

熱い塊がズブズブと侵入してきた。

まだ碌に解されていないはずの膣内は特に労することもなく、肉棒を受け入れていく。

「んっ、んっ……んっ……」

正常位の時ほどの深い挿入ではなかったが、肌が密着しているせいか、満足感が高い。

ブランがゆっくりと律動を開始させる。

緩やかな刺激は心地良く、ずっと浸っていたいくらいに気持ち良い。

「あっ、あっ、あっ……」

じっくりと肉棒が、気持ち良い場所を刺激している。

指で触れられても感じてしまうその場所を、ことさら時間を掛けて擦られると、徐々に絶頂感が高まってくる。

「中、うねってきた」

腰をゆっくり動かしていたブランが嬉しそうに言う。彼は片手で乳房を揉みしだき、もう一方の手

で陰核に触れた。

性感帯を同時に刺激され、ただでさえ気持ち良いのが更に我慢できないものへとなっていく。

「ひっ、あっ……ブランッ……やあっ……！」

「ふふ……ギュウギュウに締め付けてくる。あまり動いていないのに、すぐにでもイけそうなくらいに気持ち良いよ。リン、ここを擦られるの、好きだものね？」

グリッと腹側にある性感帯を肉棒の切っ先で擦られ、悲鳴にも似た声が出た。

「や、あ、気持ち良い……ああっ……！」

緩い刺激でも、何度も繰り返されれば快感は溜まっていく。執拗に同じ場所を攻められた私は、ぶるぶると身体を震わせ、絶頂に至った。

「あああっ……！」

甘美な陶酔のうねりに呑み込まれる。

深い絶頂は、まるで雲の上にでもいるかのような心地だ。

イった直後で力の入らない私の身体を、ブランが半回転させる。

四つん這《よ ば》いの体勢にさせられたと思った次の瞬間には、入りきっていなかった肉棒が思いきり奥まで押し込まれた。

「ひあああっ！」

「やっぱり、君の奥まで感じたいから」

「あああっ……！」

快感が背筋を迫り上がってくる。いつもとは違う場所が当たる心地よさに、また、呆気なくイってしまった。

「ひっ……あ……あ……」

耐えきれず、両肘をつく。腰だけを高く上げる体勢になった。

近くにあった枕に顔を押しつける。

ブランは絶頂の余韻で腰を震わせる私を無視し、容赦なく抽送を始めた。

「ああっ……ああっ！」

硬い肉棒が柔穴を強烈に抉る。背中の裏側をゴリゴリと切っ先で擦られ、頭の中に星が散った。

気持ち良い。何も考えられないくらいに気持ち良かった。

「あ、あ、あ……ブラン、ブラン……」

「好き、好きだよ、リン。君を愛してる」

ガツガツと腰を打ちつけられ、身体がゆさゆさと前後に揺れる。彼が腰を振りたくるたびに陰嚢《いんのう》が肌に当たった。

ブランは私の腰を掴み、一心不乱に肉棒を奥へと打ちつけている。

肉棒は膨らみ、今や膣孔を限界まで押し広げていた。

奥を叩かれる気持ち良さに、随喜の涙が零れる。

「あ、気持ち良い……やあ、それ、駄目なの……」

また、あの達する時の感覚がやってくる。

ふるふると身体を震わせた。襞肉が絶頂の予感を感じ、収縮を始める。ブランは激しく屹立を押し回し、私の中を縦横無尽に掻き回していた。

「あ、も、駄目、も……イく……」

頭が麻痺《まひ》していく独特の感覚に身を任せる。ブランは手を伸ばし、乳首をキュッと抓った。

「ああっ……！」

キュンと腹の奥が悦ぶ。

ただでさえイきそうなのに、そんなことをされてはひとたまりもない。

子宮が切なく痺れる。

「ブラン、ブラン……私、もう……」

「そうだね、私も限界。君の中に出すよ」

「うん……も、ちょうだい……」

あと少しだって耐えられない。ガクガクと頷くと、ブランはグッと腰を押しつけてきた。

それとほぼ同時に、マグマのように熱い精が、濁流のように噴き出されていく。

「あああああっ！」

精は奥へと流れ、私の中へと広がっていく。それを受け止めながら、私もまた絶頂した。

喉を引き絞るような声を上げる。

一瞬、緊張に身体が固まったが、すぐに弛緩する。だけども肉襞はしっかりと屹立を食い締めて離さなかった。むしろもっとよこせとばかりに、肉棒を圧搾する。

「リン……」

「……ん……」

力が抜け、ベッドに倒れ込む。ブランがゆっくりと肉棒を引き抜いた。

「あっ……」

肉棒が体内から出て行く感覚に甘い声が勝手に零れる。ポトポトと白濁が蜜口から滑り落ち、水たまりを作っていた。

「リン、こっちにおいで」

ブランが手を伸ばし、私の己の胸の中へと閉じ込める。

それに素直に従い、胸に顔を埋めた。

「……ブラン」

「無理をさせちゃったかな。気持ち良くてつい。ごめんね」

申し訳なさそうに言う彼に首を横に振って答えた。

「ううん。私も欲しかったから」

身体は疲労を訴えていたが、それ以上の満足感と幸福感があった。好きな人と身体を重ねる悦びは何ものにも代えがたい。

事後特有の甘い雰囲気も心地良く、陶然としていると、ブランが私の髪を撫でながら言った。

「――私だったと思うんだ」

「？　突然、なんの話？」

何を言い出したのと怪訝な顔で彼を見る。ブランは困ったような表情を浮かべ、私を見つめていた。

「ノワールのこと」

「んん？」

「あの悪魔はノワールが君を好きだと、そう言ったでしょう？」

「ああ、そういえば、そんなこともあったわね」

他のことが強烈過ぎて、完全に頭の中から飛んでいた。

「現実は、君は私の異世界のつがいで、君も私を愛してくれたというのが事実だったんだけれど、思ったんだ」

「うん」

「もし、君がノワールと結ばれていたらって」

「え……」

眉を寄せ、ブランを見る。彼は苦笑しながら首を横に振った。

「実際は違うから、そんな『もし』を考えたって意味はない。でもね、もし私とノワールの立場が今と逆だったら、私はどうしただろうって考えずにはいられなかった」

「ブラン……」

「簡単に結論は出たよ。立場が逆であろうが、きっと私はリンを好きになっただろうし、君がノワールを選べば、間違いなく絶望に身をやつしただろうなって。その場合、闇に堕ちるのは私だよ。確信できる」

目を見開き、ブランを見る。

ブランは苦笑し「君だけは、どうあっても譲れないから」と言った。

そうして自分の腕の中に囲い込んだ私を強く抱きしめる。

「私はノワールを愛してる。たったひとりの弟だ。生まれた時から不遇だった弟をなんとかしてやりたいとずっと思ってきたし、できることなら何でもしてやりたいと考えてる。譲れるものがあるのなら、どんなものでも譲ってやりたいと、そう思って生きてきたよ」

「……うん」

相槌《あいづち》を打つ。その言葉を嘘だとは思わない。

「第一王子の座だって別に固執しているわけじゃない。弟が欲しいというのなら、譲ったって構わないんだ。でも――」

一拍置き、ブランが私を見る。

「その大切な弟が相手だとしても、君を譲ることだけはできない。リン、愛してる。本当に、心から君を、君だけを愛しているんだ」

「ブラン……」

心の奥底から告げられた言葉に、何故か目が潤む。

嬉しいと思った。それだけブランに強く想われたことが幸せだった。

だから私はブランに抱きつき、その唇に己の唇を重ねる。そうして至近距離で囁いた。

「私もブランだけが好き。——たとえ、どんな素敵な人に求婚されたって、私はブランを選ぶわ。だって、最初に私を見つけてくれたのはブランだもの」

ノワールの気持ちは嬉しいし、助かってくれたのも良かったと思うけれど、彼を受け入れることはできない。

何故なら私はもう、目の前にいるこの人に捕まっているから。

この人と未来を歩もうと決めてしまっているから。

「愛してる、ブラン。大丈夫。私はいつだってブランだけを選ぶわ」

だからブランも私だけを選び続けてほしい。

そう告げるとブランは花のように微笑み「もちろんだよ」と頼もしく頷いてくれた。

終章　ありがとう、この世界に連れてきてくれて

あの悪魔憑きの事件から、約一年の月日が過ぎた。

今日は結婚式。私がブランの妃となる日である。

◇◇◇

「……ドキドキする」

椅子に座り、深呼吸をする。

目の前にある大きな鏡には花嫁衣装の私が映っていた。

マーメイドラインが美しいウェディングドレスは、この日のために半年掛けて製作されたものだ。

生地には花の刺繍と砕いた宝石が縫い付けられており、少し動くだけでもキラキラと輝く。

袖はないが、代わりに肘まであるレースの手袋を嵌《は》めている。

髪はアップにし、その上にはティアラ。王太子妃であることを示すものだ。

長いヴェールは、今は上げてある。挙式が行われる唯一神メイリアータを祀《まつ》る神殿に移動する時に

下ろせばいいだろう。

胸元が開いたデザインのドレスなので、それに合わせるように大きな宝石のついたネックレスを付けている。イヤリングにも同じ宝石が使われているのだけれど、これらはブランからのプレゼントだ。

結婚式の日に身につけてほしいとひと月ほど前に贈られた。

どうやらこの国には、新郎が結婚式の際に身につけるアクセサリーを新婦に贈る風習があるらしい。

「……これが異世界版ブライダルエステの実力か」

鏡に映った私は、お世辞抜きにいつもの何倍も綺麗だった。

肌には透明感があり、きめ細かい。食べるものにも気を遣ってきたので、ニキビもなく、化粧のりは抜群だ。身体もすっきりとして、浮腫《むくみ》もない。

デコルテは磨き上げられ、全身どこを触ってもすべすべで気持ち良い。

これは間違いなく、女官たちのお陰だ。

結婚式の日程が決まったその瞬間から、それこそブライダルエステもびっくりするくらいに頑張ってくれたのだ。

脱毛、痩身、全身マッサージに食事、適切な運動量の管理まで。

彼女たちは、今は席を外しておりここにはいないが、仕上げが終わった時、とても満足そうな顔をしていた。

そんな彼女たちに報いるために私が成すべきは、結婚式を無事終わらせること。

分かってはいるが国を挙げての式典ともなれば、多少緊張するのも仕方なかった。

「ブランはまだかしら」

挙式三十分前に花婿となるブランが迎えに来る手はずとなっていることは聞いているが、ひとりの時間が手持ち無沙汰で、早く来てくれないかなあと思ってしまう。

もう一度深呼吸をする。それとほぼ同時に、扉がノックされる音がした。

「！　どうぞ」

ブランだろうか。

時間は早いが、来てくれたのなら嬉しい。

そう思い、振り返る。扉を開けて入ってきたのは、式典用の正装に身を包んだノワールだった。

「あら、ノワール」

「……邪魔をする」

どこか居心地悪そうに言って、ノワールが控え室に入ってくる。

髪を整え、式典服を着たノワールは、言い方は悪いがきちんと王子様に見えた。

悪魔がいなくなり、皆が危惧していた神託の成就はなくなったのだ。それにより、ノワールは正しく第二王子として扱われるようになった。

手のひらを返すかのような扱いにノワールはどう反応するのかと思ったが、やはりそれなりに複雑な心境のようだ。

今日も下手をすれば欠席かなと諦めていたので、姿を見せてくれたのは嬉しい。

「ありがとう。来てくれたのね」

「……さすがに兄上の結婚式に出ないというわけにはいかないだろう」

「ふふ、ブランも喜ぶと思う」

つん、とそっぽを向くノワール。

実はあれから、少しだけ兄弟仲が改善していた。

悪魔に憑かれてなお、ブランはノワールを諦めることをしなかった。最後まで弟を守ろうとしていた。徹頭徹尾、弟が大事だという姿勢を変えなかったブランの様子を直に見て、ノワールも思うところがあったのだろう。

元々、ノワールがブランを避けていたのは、自分と関わって兄が悪く言われるのではないかと思っていたから。

だが、その理由である『悪魔憑き』の神託は成就しなかった。

つまり今は避ける理由がないのだ。だからか、少しずつではあるものの、彼の態度は軟化していた。

「ノワールって、昔からブランのことが好きだものね」

「……別に」

笑いながら言うと、ムスッとした声が返ってきた。

肯定でも否定でもない答えが、彼の本音を表しているようで微笑ましい。

ノワールがじっと私を見つめてくる。普段とはなんだか違う様子に首を傾げた。

「？　ノワール？」

「……お前は今日、兄上と結婚するんだな」

「え、ええ。そうだけど」

今更？　と思いながらも頷く。ノワールはゆっくりと口を開いた。

「……お前が結婚する前に、どうしても言っておきたいことがあった」

「言っておきたいこと？」

意外なくらい真剣な目つきだ。なんとなく姿勢を正す。

「――オレはお前が好きだ」

「えっ……」

「最初に会った時からずっと、今もお前のことを想っている」

真っ直ぐに告げられた言葉に目を見開く。

彼が私を好きなことは知っていた。だってあの悪魔の言葉を覚えていたから。

ノワールが絶望する要因となったのが、彼の私に対する恋心。

忘れるはずがないのだ。

「ノワール」

名前を呼び、息をひとつ吐く。答えは最初から決まっていた。

「ごめんなさい。あなたの気持ちには応えられない。私は、ブランが好きだから」

はっきりと告げる。答えを聞いたノワールは表情を変えず「分かっている」と頷いた。

「別に気にする必要はない。ただ、お前が結婚する前に言っておきたかっただけだから」

好きだと言うわりに温度のない言葉だ。だけど嘘だとは思わなかった。

ノワールはどこかすっきりとした顔をしていて、多分、けじめとして言葉にしておきたかっただけなのだろう。

「……納得した？」

「そう、だな。ああ、もうひとつ。兄上のどこが好きなのか聞かせてくれるか？」

「色々あるけど一番は、私を見つけてくれたところ、かな」

「見つけてくれた？」

疑問符を浮かべるノワールに笑みを向ける。

想いを告げてくれた彼に対し、真摯でありたい。そう思ったから正直に告げた。

「私ね、昔からずっと自分だけを見てくれる人が欲しかったの。両親は事故死して、引き取ってくれた祖父母は優しかったけど、私をお母さんに重ねてくるような人たちだったから」

「……」

「そんな中、ブランが私を見つけてくれた。最初に手を差し伸べてくれたのはブランだったの。だから、かな」

刷り込みとはまた違うが、あの『私だけを見てくれる』という告白の時、彼は私の中で特別な存在となった。

昔を懐かしく思い返していると、ノワールが参ったという顔をした。

「……なるほど。どうしたってオレは兄上には勝てなかったってことか」

「そうね。そもそもブランがいなければ、あなたに会うことすらなかったわけだし」

彼が私をこの世界に連れてきたから、ノワールとだって会うことができたのだ。

「そうだな」

納得したようにノワールが頷く。そうして頭を掻き、息を吐いた。

「オレは振られるしかなかったってことがよく分かった」

「ごめんね」

「いや、はっきり言ってくれた方が助かる」

否定するように首を横に振り、ノワールは笑った。

なんの含みもない綺麗な笑みはどこかブランを思い起こさせる。

ふたりが兄弟であることがよく分かる表情だった。

ノワールがまるで話のついでのように言う。

「ああそういえば、オレに結婚話が持ち上がっているんだが」

「へ、ノワール結婚するの？」

「たぶん、な。悪魔憑きの話もなくなったわけだ。第二王子としてそれなりの役割を求められているということだろう」

「……そう、なんだ」

自分の結婚話だというのに、ノワールはどこか投げやりだ。どうでもいいと思っているのが伝わってくる。

「ノワール……その、結婚のことだけど」

「別に気にしてない。それがオレに求められていることだというのなら受け入れるだけだ。拗らせた初恋も消化した。相手が誰だろうと構わない」

拗らせた初恋というのが誰を指しているのか分かるだけに、何も言えない。

それでもなんとか、口を開いた。

「そ、その……相手、とか……」

名前を聞いても分からないだろうが、それでも誰がノワールの相手に選ばれたのか気になった。

願わくば、彼を理解してくれる人であるといい。

だって彼は長い間、傷つけられ続けてきた人だから。

「相手？」

ノワールが眉を中央に寄せる。記憶を辿るように言った。

「……確か、シトロン・ヴェルボムといったか。なんと公爵家のご令嬢らしいぞ」

「へ？」

告げられた名前を聞き、目をパチクリとさせる。

シトロン・ヴェルボム……。それはもしかしなくても『あの』彼女のことではないだろうか。

悪魔憑きと言われていた時から、彼を慕っていた令嬢。

その彼女が今、ノワールの結婚相手として名前が挙がっていると聞いて驚いた。

「……彼女が」

「シトロン嬢を知っているのか？」

「知っているというか……うん、知ってる、けど」

言葉を濁し、ノワールを見る。

シトロンが彼の相手なら、ノワールは幸せになれるのではないだろうか。

そう思った。

だから言う。願いを込めて。

「……あのね、シトロン、すごく良い子なの。だからその……良かったら先入観なしに彼女と接してあげてほしい。彼女をよく見てあげてほしいの。きっと見えてくるものがあると思うから」

「？　……心に留めておく」

怪訝な顔をしつつもノワールは頷いた。それにやきもきしながらもこれ以上は駄目だと自らを戒める。

本当は、シトロンのことを言いたい。

彼女がずっとノワールを好いていたことを。だから今回の結婚話はそんなに悪いものではないはずだと。

でも、それを私が言うのはルール違反だと思うから。

想いを告げるのは本人でなければ駄目なのだ。だけど気づいてほしいという願いがあるから「彼女をよく見てほしい」と告げてしまった。

「……本当に良い子なの」

「……ああ」

訝《いぶか》しげな顔をしつつもノワールが首肯する。そこにノックの音が聞こえてきた。

返事をすると、今度こそ本日の主役のひとりである花婿が入ってくる。

白の礼装に身を包んだブランは、いつにも増して男ぶりが上がっていた。

普段は下ろしている前髪を上げているせいで、キリッとした印象を与える。

「お待たせ、リン。あれ、ノワール。どうしたの？　……もしかして式に参列してくれたりする？」

ぱあっと顔を輝かせ、ブランがノワールに尋ねる。

それにノワールは、意外にも素直に肯定した。

「──ああ。そのつもりだ」

「本当に⁉　最愛の弟に門出を祝ってもらえるのは嬉しいよ！」

含みのない笑顔に、ノワールが苦笑する。

そうして私に視線を向けた。

「それじゃあオレは参列席に行く。——幸せになれよ、義姉《ねえ》さん」

「……ありがとう」

義姉《あね》、と言われ、微笑む。

ノワールは、片手を上げ、あっさりと控え室を出て行った。

扉が閉まる。ブランが私に目を向け、言った。

「で？　実際のところ、ノワールは何しに来たの？」

「お祝いしにきてくれただけ。あと、近々自分も結婚するかも、みたいな話かな」

「ああ、そういう話が出ているんだよね」

嫌そうな顔をするブランだが、この件に関して彼には賛同できないので、流しておく。

私はノワールがシトロンと幸せになってくれるところを見たいのだ。

その未来が訪れる可能性はゼロではないと信じたい。

「……ま、なるようにしかならないんじゃないかな」

「何それ。リン、もしかして何か知ってる？」

「さあ？」

他人の恋愛事情は話せない。分かりやすく視線を避けると、ブランは呆れたように言った。

「まあいいよ。今日はそんな話をする日でもないからね。……リン、すごく綺麗だ。君が今日、私の妃になってくれる喜びは筆舌に尽くしがたい」

「ブランってば大袈裟」

「まさか。……弟まで魅了してしまう君だからね。無事、この日を迎えられてどれだけ私が安堵しているか、知らないかな?」

くすりと笑い、ブランが私に手を差し出して来る。その手に己の手を重ねた。

「昔から思っていたけど、君は意外と人たらしだからね。私もノワールもかなりの人嫌いを拗らせていたのに、君だけは例外だって思わせてしまうんだから」

「そんなつもりはないけど……でも、そう言ってもらえるのは光栄だわ。ねえ、今もまだ人が嫌い? 関わりたくないって思ってる?」

気になり、聞いてみた。ブランは微笑み、首を横に振る。

「いや、そんなことはないよ」

「本当に?」

「そりゃあ、時折、どうしようもなく人間の汚い面に触れて嫌になる時はあるし、それを否定はしないけどね。……でも、君が恋人になってくれた時に言っただろう?」

ピンと来なくて首を傾げる。ブランが責めるような目になった。

「君が側にいてくれれば、少しは人を好きになれるかもしれないって。覚えてないの?」

「うん、それなら覚えてる」

「本当かな。ま、いいか。で、結論なんだけど、言った通りだったよ。君を好きになってようやく気づけたんだ。世の中には好きになれる人もいれば、そうでない人もいるってことにね。考えてみれば、昔だって優しさを見せてくれた人はいくらでもいたんだよ。皆が皆、意地悪だったわけじゃない」

「……ブラン」

「それに気づけるようになったから、全部が嫌いとはもう思わないし思えない。これからはもっと好きになれる人が増えていくんじゃないかな。せっかく神託から解き放たれたんだ。私だけではなく弟にも知ってほしいって今は思うよ。皆が皆、悪い人ばかりじゃないって」

「うん、そうだね」

ブランが私に「行こうか」と告げる。それに頷き、ヴェールを下ろしてから外に出た。神殿へ向かいながら、ブランの横顔を見る。

今から私はこの人の妻になるのだ。それを心から嬉しいと、幸せだと思える。

もう帰れない、帰ることのない世界を思い出す。

今頃、祖父母は私を探しているだろうか。

これまで育ててくれたことに対しては恩義を感じている。何不自由なく暮らさせてくれたことはとても感謝している。

でも——。

——ごめんね、それでも私は帰りたいとは思わないの。

彼らは私が一番求めていたものだけは、最後までくれなかったから。

私を私として見てくれること。私の意見を無視せず、きちんと話を聞いてくれること。

それをくれたのは祖父母ではなく、ブランだ。

だから私は今、ここにいるし、彼と結婚しようと思っている。

挙式を行う大聖堂の入り口に立つ。隣に立つ人に声を掛けた。

「ブラン」

「ん、何？」

ブランがこちらを見る。

ヴェールを下ろしてしまったのではっきりと顔は見えないが、声音から微笑んでいるのは分かった。

結婚する前に、今の気持ちを伝えておこう。そう思い、告げる。

「——私、幸せだわ」

「リン……！」

ブランが破顔する。ヴェール越しでもはっきりと分かった。

彼はこっそりヴェールを持ち上げると、顔を寄せ、唇に口づけた。

「——私もだよ。愛してる」

「ふふ、誓いのキスには少し早いんじゃない？」

「いいじゃないか。したかったんだから」

にこりと笑い、ブランが離れて行く。目の前にある大聖堂に続く扉が開かれた。

中では多くの人々が、私たちの結婚式の参列者として参加している。

前列には先ほど別れたノワールの姿も見えた。

「さあ、行こう」

「ええ」

ブランと共に、一歩踏み出す。

まるでそのタイミングを見計らったかのように、聖堂の中に一筋の光が差し込んだ。ステンドグラスを通した光は美しく、まるで神の祝福のように思える。

「メイリアータ様も私たちを祝ってくれているのかな」

ブランも私と同じようなことを思ったのか、そんなことを言い出した。

笑顔で同意する。

「ええ、きっと」

「じゃあ、私たちは幸せになれるね」

その言葉を聞き、目を瞬かせる。

ちょっと聞き捨てならないと思ったのだ。

だから私は少しだけ立ち止まり、彼に言った。

「――神様が祝ってくれなくても、幸せになれると思うわ」

祝ってくれるのは嬉しいけれど、幸福は神に与えて貰うものではないと思うから。

それは自らの手で掴み取るもの。

全ては私たち次第なのだ。

そう夫となる人に告げると、彼は目を瞬かせ「確かにそうだ」と大いに納得したように頷いた。

あとがき

こんにちは、月神サキです。

いつもありがとうございます。

ガブリエラブックス様では二冊目の書籍となります。

皆様のおかげで、二冊目を書かせていただけました。

感謝です！


さてさて、久しぶりに異世界転移ものを書きたいなということで、今回のお話はできあがりました。

とはいえ、転移だけでは面白くない。

何か他に要素を付け加えたいなと思い、できたのが『異世界のつがい』設定で、ブランとノワールに与えられた『神託』でした。

今回のお話、もちろん主人公カップルがメインなんですけど、実は地味に弟ノワールもポイントだと思っています。

いや、最初はノワールに相手はいなかったんですよ。

ただ、書いているうちに、彼にもブランにとってのリンのような理解者が現れるといいなと思った結果……こうなりました。

このお話のエンディング後、彼がどうなるのか、未来の話をちょっとだけしてみますね。

ノワールはブランとは違う面倒くささがあるので、結婚してもしばらくは、白い結婚状態だと思います。

だいぶ払拭されてはいますが「どうせオレなんて」的なことを言って、なかなかシトロンと向き合おうとはしないんだろうな、と。

シトロンはシトロンで、強気なくせに好きな人には積極的に出られないタイプだから「ずっとお慕いしていました」なんて口が裂けても言えない。

結果、すれ違いが起こる。

政略結婚で愛はないと思っているノワールと、本当は好きで、好きな人と結婚できて嬉しいのに、それを言えないシトロン。

きっと結構な期間、もだもだするんでしょうね。

だけどシトロンは良い子だし、真っ直ぐにノワールを慕ってきたのは事実なので、そのうちノワールは絆されていくと思います。

途中、ノワールがツンデレを発揮してくれると楽しいな。

「お前にとって、オレはただの政略結婚の相手だろう?」

とか言ってくれると、全私がウキウキします。

言われたシトロンは傷つき、でもそれを知った義理の姉、リンが「だからちゃんと見てって言ったじゃない！」とノワールに殴り込みを掛けてくる展開に。

シトロンにも「シトロン、あなたもあなたよ。言いたいことは言いなさいよ！」みたいな感じで発破を掛けてくれると尚良いですね。

きっと最後にはシトロンも本来の強気な性格を取り戻して「ずっと好きでした！」と叫んでくれることでしょう。

そしてノワールは、彼女が自分のことを一途に想ってくれていた事実を知るわけですよ。

うん……余裕で一冊書けますね！

心に溜めていたものを吐き出せてすっきりしました。


今回、挿絵を担当していただいたのは氷堂れん先生です。

大好きなイラストレーターさんのひとりで、決まったと聞いた時はとても嬉しかったです。

とにかくブランがイメージ通りで、キャララフを見た瞬間「あ、これはブランだわ」と思ったほど。

リンもとても可愛く「ドレスもいいが、着物も着せたい……」と身悶えてしまいました。

いや、この見た目、絶対に和服似合うでしょう。素晴らしい。

非常に妄想が捗りました。

挿絵もどれも素晴らしく、楽しく拝見させていただきました。

悪魔バージョンではありますが、ノワールが見られたことも嬉しかったです。

氷堂れん先生、お忙しい中素敵なイラストを描いていただき、本当にありがとうございました。

最後になりましたが、この本にかかわって下さった全ての皆様、そしてお買い上げ下さった読者の皆様に感謝を込めて。

ありがとうございました。

久しぶりの異世界転移もの、皆様にも楽しんでいただければ嬉しいです。

それではまた。

どこかでお会いできれば嬉しいです。

月神サキ

ISBN:978-4-8155-4314-3

ガブリエラブックスをお買い上げいただきありがとうございます。
月神サキ先生・氷堂れん先生へのファンレターはこちらへお送りください。

〒110-0016　東京都台東区台東4-27-5（株）メディアソフト
ガブリエラブックス編集部気付　月神サキ先生／氷堂れん先生　宛

gabriella books

MGB-091

異世界トリップしたら、人嫌いをこじらせた王子様に溺愛され運命の伴侶になりました!?

2023年7月15日　第1刷発行

著　者　月神《つきがみ》サキ

装　画　氷堂《ひどう》れん

発行人　日向晶

発　行　株式会社メディアソフト
〒110-0016
東京都台東区台東4-27-5
TEL：03-5688-7559　FAX：03-5688-3512
https://www.media-soft.biz/

発　売　株式会社三交社
〒110-0015
東京都台東区東上野1-7-15
ヒューリック東上野一丁目ビル３階
TEL：03-5826-4424　FAX：03-5826-4425
https://www.sanko-sha.com/

印　刷　中央精版印刷株式会社

フォーマットデザイン　小石川ふに（deconeco）

装　丁　吉野知栄（CoCo. Design）

ISBN 978-4-8155-4317-4